5
LE MANOIR ÉCARLATE

Du MÊME AUTEUR

Aux mêmes éditions :

L'Ombre du Vétéran
Prix Pierre Mocaër 1993

La Fontenelle, Seigneur de l'Ile Tristan

Dans la même collection :

Les Bruines de Lanester
Les Diamants de l'Archiduc
La Mort au Bord de l'Etang
Marée Blanche
Prix de la Fondation Paul Ricard 1995

Le Manoir Ecarlate

Boucaille sur Douarnenez
Association des Ecrivains de l'Ouest :
Grand Prix de la Ville de Rennes 1995

L'Homme aux Doigts Bleus

La Cité des Dogues

On a Volé la Belle Étoile !

De LUC CALVEZ

Le Bon, la Brute et le Notaire

De HERVÉ LE BLÉVEC

Les Masques de Quimper

JEAN FAILLER

5

LE MANOIR ÉCARLATE

QUADRI SIGNE - EDITIONS ALAIN BARGAIN
125, Vieille Route de Rosporden - Quimper

Toute ressemblance avec des personnes, des noms propres, des lieux privés, des noms de firmes, des situations existant ou ayant existé, ne saurait être que le fait du hasard.

La loi du 11 mars 1957 n'autorisant, aux termes des alinéas 2 et 3 de l'Article 41, d'une part, que les *copies ou reproductions strictement réservées à l'usage privé du copiste et non destinées à une utilisation collective*, et, d'autre part, que les analyses et les courtes citations dans un but d'exemple et d'illustration, *toute représentation ou reproduction intégrale ou partielle, faite sans le consentement de l'auteur ou de ses ayants droit ou ayants cause, est illicite* (alinéa 1er l'Article 40).
Cette représentation ou reproduction, par quelque procédé que ce soit, constituerait donc une contre-façon sanctionnée par les Articles 425 et suivants du Code Pénal. 1996 - Quadri Signe - Editions Alain Bargain

I

...En ce qui me concerne, dit le petit homme, je dois vous avouer que je n'éprouve pas pour le marquis de Kerjégu une sympathie débordante...

Vêtu d'un costume sombre, cravaté de rouge, les cheveux poivre et sel tirés en arrière, il fit quelques pas dans l'immense salle du château, comme s'il réfléchissait, puis revint se planter devant son auditoire l'index en l'air tel un maître d'école désireux de fixer l'attention de ses élèves.

... Car, mesdames et messieurs, songeons-y bien : qui était ce marquis de Kerjégu ?

Il laissa passer un temps de silence, comme pour laisser venir une réponse improbable, puis l'improbable ne se produisant pas, il martela :

— Je vais vous le dire : un hobereau de création récente, un parvenu ! Une sorte de coq de village qu'un mariage avec la fille d'un banquier avait enrichi au-delà de tout ce qu'on peut imaginer...

Sous le haut plafond de la salle de réception du château, on aurait pu entendre soupirer les anges. Les estivants qui assistaient à la conférence se tenaient immobiles devant leurs coupes de champagne tiède, avec l'air studieux de ceux qui profitent de leurs vacances pour se cultiver. Sur un coin de table, une petite dame prenait des notes...

Dans le grand château de briques rouges en cours de rénovation, avaient lieu deux fois la semaine durant la saison estivale, des causeries sur tel ou tel sujet. Hier, les chevaliers de la Table Ronde, aujourd'hui, l'histoire singulière de ce singulier manoir. Au travers du double vitrage des hautes fenêtres de la salle gothique, on apercevait le soleil qui se couchait derrière les Montagnes Noires, illuminant de ses derniers feux une campagne verdoyante où des corps de ferme étaient posés çà et là, aussi minuscules que lorsqu'on les voit d'avion.

"Ar maner ru", le manoir rouge, comme on l'appelait dans la région parce qu'il était bâti de milliers de petites briques pourpres soigneusement appareillées, était perché sur le haut d'une colline d'où l'on découvrait l'horizon de tous côtés. Par voie de conséquence, on le voyait aussi de partout, sorte de phare que le soleil couchant faisait flamboyer, planté au milieu des bruyères, dominant de ses tours orgueilleuses et austères les plus hautes futaies de ses fiefs.

Le conférencier n'en avait pas fini avec les turpitudes du marquis de Kerjégu :

— Cette chapelle que vous voyez là-bas, au creux du vallon, s'appelait autrefois Notre Dame de Trévarez. Elle faisait partie du domaine et Kerjégu l'avait achetée avec les champs et les bois. Quand il en prit possession, l'édifice n'était pas en très bon état, d'urgentes réparations s'imposaient. La première chose que fit Kerjégu fut de la réhabiliter dans son entier. Il faut reconnaître que s'il n'était pas intervenu, elle aurait peut-être disparu comme tant d'autres, sous la ronce et l'ortie. Seulement, Kerjégu était un homme pressé et les travaux se firent sans les précautions qu'il eut fallu prendre pour un édifice aussi vénérable : sur ses ordres, la chapelle fut donc vidée de tout son contenu et on n'en conserva que les murs. Or dans cette chapelle édifiée au XVe siècle, il y avait les enfeu des anciens seigneurs du lieu qui avaient régné sur ce fief des Montagnes Noires pendant près d'un millénaire. Sur ordre de Kerjégu, les tombeaux furent vidés et les restes de ces illustres familles expropriés comme de vulgaires ossements de manants arrivés au terme de leur concession perpétuelle dans un cimetière communal.

Un murmure de réprobation parcourut l'assemblée, fustigeant l'attitude indigne de ce nouveau riche s'accaparant un si noble domaine.

— Ensuite, dit le conférencier, puisque le domaine était surtout voué aux plaisirs de la chasse, elle fut rebaptisée "chapelle Saint-Hubert".

Un court silence suivit ses dernières paroles, puis on entendit la cloche du tracteur carrossé en petit train qui faisait découvrir le parc aux visiteurs trop paresseux pour marcher. Le grondement du moteur se tut et des cris d'enfants troublèrent le silence.

Une jeune femme se leva, lissa sa jupe de toile légère et fit un petit signe par la fenêtre. Ses enfants allaient débarquer du train et, pour elle, l'intermède culturel était terminé. Elle gagna la sortie avec un petit geste d'excuse à l'adresse du conférencier. Celui-ci eut un geste absolutoire plein d'onction accompagné du sourire entendu de celui qui connaît et comprend les contraintes qu'impose une famille. Il y eut quelques grincements de chaises trahissant une certaine lassitude et François Toullec, le conteur, qui savait ce que signifient ces manifestations d'impatience, sentit qu'il était temps de libérer ses chers auditeurs. Il leur indiqua que toute l'histoire du manoir était racontée en détail dans la monographie qu'il venait d'écrire et dans laquelle ils trouveraient réponse à toutes les questions qu'ils pouvaient se poser, plus maints autres détails passionnants. Il était d'ailleurs à leur disposition pour une dédicace personnalisée.

La petite boulotte qui prenait des notes avec tant de soin et qui voyageait avec une amie, en fit l'emplette et s'attarda en bavardant avec Toullec, tandis que le reste de l'assistance prenait le chemin de la sortie en commentant à mi-voix les curieuses mœurs de la haute société en ce début de XXe siècle, et les façons singulières dont usait le sire de Kerjégu avec les cendres d'autrui.

Puis les deux petites dames (qui étaient des demoiselles retraitées de l'enseignement) se retirèrent à leur tour après force remerciements, et le conférencier se retrouva seul dans la grande salle vide et sonore. Il ramassa ses bouquins dont la pile n'avait été amputée que d'un seul exemplaire et les rangea soigneusement dans sa serviette en chantonnant, car c'était un homme qui se livrait volontiers à des exercices vocaux quand il était satisfait.

— Viens poupoule, viens poupoule, viens…

Le refrain populaire résonnait curieusement sur les murs dépouillés des magnifiques tableaux qui les ornaient autrefois, rengaine égarée dans des murs qui n'étaient pas les siens.

Le chanteur se tut, s'arrêta pour écouter la curieuse résonance de sa voix puis, n'entendant plus rien et pour cause, il répéta :

— Viens poupoule, viens poupoule, viens…

Un pas résonna sur le parquet, mais, en dépit de l'invitation, ce n'était pas poupoule. D'ailleurs c'était un pas étrange, un pas qui faisait "bang ! crouiiic, bang ! crouiiic, bang ! crouiiic…". Ce bruit intéressant était produit par le concierge du château, Robert Kéruz, un grand invalide de guerre qui avait oublié sa jambe gauche à Dien-Bien-Phu.

— On ferme, m'sieur Toullec, dit le garde d'une voix de basse.

— Voilà, voilà… dit le petit homme en empoignant sa serviette avec vivacité.

Il pila sur place :

— Dis donc Robert, serait temps que tu changes ton pneu ! Il montrait du doigt le pilon du garde dont le tampon de caoutchouc s'effilochait. C'est pas le tout d'interdire les parquets de ton maudit château aux bonnes femmes en talons aiguilles, mon gars, faudrait voir à montrer l'exemple ! Parce que comme aiguille, dis donc, t'es un peu fadé !

Le garde était un grand gaillard osseux, au front étroit, au visage émacié où brillaient deux petits yeux noirs. Ses cheveux gris coupés en une brosse rase dégageaient plus qu'il n'eut fallu deux larges oreilles plantées perpendiculairement au crâne. Son visage austère se ferma un peu plus et son front prit deux rides supplémentaires :

— Rigolez pas avec ça, monsieur Toullec, dit-il sur un ton de reproche presque douloureux.

— Et pourquoi que je n'en rigolerais pas ? demanda Toullec en étirant au maximum son mètre cinquante-huit, si ta patte est restée engraisser les rizières, primo c'est pas de ma faute, secundo, c'est pas qu'on en rigole ou qu'on en pleure qui la fera repousser !

— Tout de même… fit l'autre, la gorge serrée, comme si le petit bonhomme arrogant qui se dressait devant lui avait blasphémé, tout de même… Son visage se ferma encore, ses lèvres minces ne formèrent plus qu'une ligne livide tandis que ses poings se serraient au point de blanchir leurs jointures.

— Allons, fais pas cette gueule, mon vieux Robert, dit l'autre d'un ton enjoué en lui tapant sur l'épaule, faut voir le bon côté des choses !

Le garde dominait son interlocuteur de la tête et des épaules, mais cet avantage n'y faisait rien : la faconde gouailleuse de Toullec lui assurait un ascendant certain sur l'ancien parachutiste de la coloniale.

— Le bon côté, dit Robert, c'est qu'avec mes deux jambes…

— Eh bien, tu serais au chômage mon pote ! Aussi sûr que je te le dis. Tes copains d'Indo, où sont-ils à cette heure ?

— J'en sais rien dit Robert Kéruz d'une voix lente où perçait un fort accent du terroir, mais il y en a quelques uns qui ont leur nom sur les monuments aux morts.

Puis il regarda fixement François Toullec de son regard froid, espérant ainsi le rappeler aux convenances élémentaires dues à ceux qui ont donné leur vie pour la patrie. Mais le petit conférencier n'avait que faire de ces ringardes considérations. Il s'exclama volontairement provocateur :

— Et les autres sont dans la cloche ! Oui, mon gars ! Dans la cloche. Tandis que toi…

Il s'arrêta et prit avec familiarité le revers de la veste de velours vert que portait le concierge et le regarda sous le nez, sa courte taille ne lui permettant pas de voir plus haut :

— … Tu n'as eu que le mal de revenir au pays en héros, tu t'es trouvé une gentille petite femme, tu as une pension de l'armée et un emploi réservé ! En plus, tu habites un château ! Mais qu'est-ce qu'il te faudrait de plus, mon salaud ?

De nouveau, il lissa le revers de velours de l'habit du garde avec complaisance, comme si ce contact lui eut été agréable. Sous cet attouchement équivoque, Robert Kéruz eut un mouvement de recul.

— Tu n'as même pas eu à t'acheter de fringues, tu as trouvé celles de ton père…

Puis il éclata de rire comme si une idée plaisante lui était tout soudain venue :

— Dis-moi Robert, quand tu achètes des pompes, est-ce que tu as un rabais ?

— Comment ? demanda le concierge en fronçant les sourcils.

— Eh bien, t'en paye une ou bien t'en payes deux ?

— Deux quoi ?

— Deux godasses, pardi !

Et comme l'autre restait coi, il s'exclama :

— Eh bien, mon vieux Robert, si t'en payes deux, excuse-moi de te le dire, c'est que tu te débrouilles comme un manche. Ou alors, tu connais un rombier qui a perdu la jambe droite !

Le concierge ne savait pas trop s'il fallait rire ou pleurer. Il suivait le petit homme gesticulant en faisant : bang ! crouiiic, bang ! crouiiic.

— Fais pas cette gueule, Robert, dit Toullec en s'arrêtant une nouvelle fois si brusquement que l'autre faillit le heurter, tu sais bien que je plaisante !

Robert grogna : la plaisanterie, il n'avait jamais trop bien comprise, mais la plaisanterie sur sa jambe de bois, il n'admettait carrément pas. Quiconque s'y fut risqué au bourg n'eut pas tardé à faire connaissance avec ses poings noueux.

D'ailleurs personne, pas même Petit Mât, un retraité de la Marine Marchande peu avare de sarcasmes, ne craignant comme l'affirmait un tatouage perché sur son épaule droite "ni Dieu ni Maître", non, personne ne s'y risquait. Malgré son pilon et sa presque soixantaine, Robert Kéruz savait encore se faire respecter. Il n'y avait qu'ici, dans ce château dont il avait la garde, qu'il devait subir les mauvaises plaisanteries de ce nabot qu'il eut pu casser en deux d'une seule main.

Que faire d'autre ? François Toullec était le conférencier du département, et le département était l'administration dont dépendait le garde. Un geste d'humeur, et il pouvait se voir jeter à la porte du château. Et cette éventualité lui faisait froid dans le dos. L'autre, fort de l'impuissance du garde, en rajoutait :

— Tu le sais bien que je plaisante, j'adore ça !

Kéruz grogna de nouveau, ce qui lui évita de répondre, et le petit bavard poursuivit :

— Si on ne peut plus plaisanter avec les copains…

Le concierge qui fermait la lourde porte métallique du château avec une clé d'une livre et demie haussa les épaules. Les copains… Il n'en avait pas de copains… Il n'en avait plus. Tous morts. Et s'il avait dû s'en faire d'autres, ce n'était certainement pas cet avorton qu'il serait allé chercher !

Mais l'autre, qui n'avait pas vu le mouvement d'épaule du gardien et qui, d'ailleurs, se moquait bien de ses états d'âme poursuivit :

— …Et puisque tu es un copain, je vais te donner un tuyau !

— Ah ? dit le concierge méfiant.

Le petit homme avait repris un masque sérieux.

— Ta godasse, là, dit-il en montrant la jambe unique de son vis-à-vis, tarde pas trop à l'emmener au graissage. sans quoi tu risques de couler une bielle !

Devant l'air ahuri du malheureux Robert, il éclata de rire.

— Allez, salut, dit-il, à demain. Il s'engagea dans un sentier parmi les rhododendrons tandis que le garde montait sur une vieille bécane pourvue d'une seule pédale munie d'un cale-pied.

Puis s'arrêtant une nouvelle fois il cria :

— Hé, Robert !

Le garde leva la tête. Le petit homme au costume sombre était à vingt pas, à l'entrée d'une sente ombreuse.

— Dans le fond, tu as eu du pot de perdre la jambe gauche !

Et comme le garde ne répondait pas, s'attendant à une nouvelle vacherie, il poursuivit :

— Tu es droitier ? Tu te rends compte, si tu avais perdu ta jambe droite, tu aurais dû apprendre à pédaler de la jambe gauche ! Crois-moi, il y a des gars qui ne sont jamais parvenus à écrire de la main gauche, alors, faire du vélo…

A nouveau son rire exaspérant se fit entendre, puis il disparut sous le tunnel de feuillage et le son de sa voix qui chantonnait toujours la rengaine qu'il avait en tête ce jour-là s'évanouit :

— Viens poupoule, viens poupoule, viens…

Le garde lança un regard rancunier vers l'endroit où il avait disparu, puis éructa rageusement :

— Petit con !

Ces deux qualificatifs associés constituaient la pire des injures de son répertoire d'ailleurs fort réduit. L'homme n'était point disert, quelques douzaines de mots lui suffisaient pour se faire comprendre. Bien qu'il eût lancé l'injure avec toute la vigueur voulue, Robert Kéruz n'en éprouva qu'un mince soulagement. Les mains serrées sur les poignées caoutchoutées de son guidon, il demeura un temps immobile, fixant la grotte de verdure par où avait disparu Toullec. Puis, furieux de son impuissance, il se hissa tant bien que mal sur sa vieille bécane et disparut en zigzaguant sur l'allée sablée.

Les ombres du gigantesque château rouge s'allongeaient interminablement sur les parterres fleuris et, dans le silence d'une campagne paisible, le soir tomba sur Trévarez.

II

La petite fille jouait à cache-cache avec ses cousines, et elle venait de trouver une cachette formidable où jamais les autres ne la trouveraient : le creux d'un hêtre vénérable tout couvert de mousse. Elle s'y blottit et fit "coucou" de sa petite voix. Puis elle se pencha au dehors pour voir un peu si les autres étaient sur sa trace. La cachette était réellement bonne, elle voyait les vêtements clairs de ses cousins s'agiter sous les buissons.

C'est alors qu'elle sentit quelque chose sous son pied, quelque chose comme une brique ou un morceau de bois bien taillé qui était recouvert de feuilles mortes. Elle se pencha et ramassa l'objet. Ce n'était pas une brique, mais un livre. Elle sortit la tête du creux de l'arbre pour en lire le titre et c'est à ce moment que sa cousine Margaret l'aperçut.

— Je t'ai vue, cria-t-elle triomphante.

Puis s'adressant aux autres :

— Bénédicte est là, là, dans l'arbre.

Deux petits garçons s'approchèrent en poussant des cris d'indiens et Bénédicte mi-vexée d'avoir été si tôt débusquée d'une si bonne cachette, sortit de son arbre en brandissant le bouquin :

— Regardez ce que j'ai trouvé !

— Bof, dit l'un des garçons, c'est rien qu'un vieux livre !

— Mais non, dit Bénédicte, il est tout neuf ! Regarde !

Le garçon prit le bouquin et en lut le titre à voix haute :

"Le manoir écarlate". Puis il l'ouvrit, le feuilleta, et enfin le referma.

— Sur la couverture, dit Margaret, c'est la photo du château qu'on a été visiter.

Une voix d'homme se fit entendre :

— Ohé, les enfants ! Ne vous éloignez pas trop, on va partir.

— Papa nous appelle, dit l'aîné des garçons, rentrons !

— Rends-moi mon livre, dit Bénédicte, c'est moi qui l'ai trouvé !

Le garçon jeta avec mépris le bouquin dans l'herbe :

— Eh bien, tiens-le, ton bouquin ! D'abord, il est moche !

Margaret le ramassa, passa sa main sur la couverture et le tendit à Bénédicte qui avait les larmes aux yeux.

— Il dit ça parce qu'il est jaloux, ce n'est pas lui qui l'a trouvé !

Bénédicte renifla, ravalant les larmes qu'elle avait failli verser, et, à la suite des garçons, les deux fillettes s'en furent, légères, vers l'allée où les attendaient leurs parents.

oOo

Robert Kéruz remontait péniblement l'allée sablée sur son vélo mono pédale en pensant que, quoi qu'en ait pu dire ce connard de conférencier, avec ses deux pattes, il eut pu au moins aller en danseuse, ce qui, dans les côtes, est parfois bien utile.

A quelques mètres devant lui, un chevreuil traversa l'allée d'un bond gracieux, et Robert Kéruz se dit encore que, sans cette mutilation, il aurait pu également aller à la chasse, activité qui lui était à présent interdite si l'on exceptait le tir du pigeon ou du lapin à l'affût ou celui du canard et de la bécasse à la passée. Si l'on pouvait appeler ça de la chasse ! Quant à suivre la meute dans les landes et les halliers, c'était foutu pour le garde du château.

Et ça, Robert Kéruz avait bien du mal à l'accepter !

Il arriva enfin au bout de la côte et posa son pilon à terre pour reprendre souffle. Quelque part, une cloche égrena ses neufs coups. Il sortit sa montre de son gousset pour vérifier si elle était bien à l'heure et, la vérification l'ayant satisfait, il la remit contre son ventre dans la petite poche douillette prévue à cet effet dans la doublure du gilet.

Robert Kéruz avait fière allure dans le costume de velours côtelé vert sombre où brillaient de petits boutons de cuivre ornés d'une hure de sanglier. Des tenues comme celles-là, il en avait retrouvé quatre dans l'armoire de sa grand-mère. Elles avaient appartenu à Louis Kéruz, son grand-père, ancien chef des garde-chasse et homme de confiance du marquis de Kerjégu, rescapé du Chemin des Dames en 1917.

Point n'avait été besoin de les retoucher, Robert Kéruz avait la même haute stature que son aïeul, la même silhouette anguleuse faite de muscles et d'os à fleur de peau, le même regard dur et soupçonneux.

C'était un homme taciturne qui souffrait de sa condition. Il lui arrivait souvent dans son appartement de fonction, au rez-de-chaussée des écuries, de regretter le temps si proche encore où un maître tout puissant régnait sans partage sur toute la contrée… A cette époque le château n'était pas un refuge à touristes désœuvrés, mais un rendez-vous de chasse où les meilleurs veneurs d'Europe aimaient à se retrouver pour de somptueux hallalis.

Robert Kéruz était de la race des serviteurs, des bons serviteurs, ceux qui aiment avoir au-dessus d'eux une autorité qu'ils ne songent jamais à discuter et qui ne demande que d'obéir. C'est pour cette raison qu'il s'était engagé dans l'armée, c'est pour cette raison qu'il avait été un bon soldat, c'est pour cette raison qu'il regrettait si fort que la lignée des Kerjégu se soit trop tôt éteinte.

Chaque matin, lorsqu'arrivé au sommet de la côte il posait à terre sa patte de bois, il fermait un instant les yeux, imaginait l'esplanade dans une aube d'octobre somptueusement dorée, avec les chasseurs à cheval, les valets de chien retenant leur meute hurlante, les fanfares des cors de chasse…

Ouais, son grand-père avait eu une belle vie !

Quand il revenait à la réalité, l'esplanade était vide, le château était vide, alors, tristement, il laissait sa vieille bécane l'emporter dans la descente. Il ouvrait la lourde grille de fer forgé défendant la porte massive ornée de vitraux, faisait le tour des salles du rez-de-chaussée pour s'assurer que tout était en ordre, et puis il n'avait plus qu'à attendre l'heure de la fermeture.

Pour une bonne planque, c'était une bonne planque ! Au village on l'enviait tout en assurant qu'il avait un "boulot de feignant" et cette inactivité jointe au manque de considération avait fait de Robert Kéruz, grand mutilé de guerre, un homme silencieux, sombre et amer.

Un martèlement de talons lui annonça l'arrivée de Lucienne, préposée à la vente des cartes postales et des brochures souvenir, puis dans le lointain, il entendit siffler le petit train qui amenait les premiers visiteurs.

Alors il sortit pour faire le tour du château.

oOo

Ses pas le menèrent jusqu'au fond de l'esplanade, là où feu le marquis avait fait construire un bassin tout en longueur, avec des margelles de pierre se voulant, en modèle réduit, l'imitation du grand bassin de Versailles.

Les hêtres et les chênes avaient atteint à cet endroit des proportions gigantesques et même au plus chaud de l'été, on y était toujours au frais. Parfois des cerfs et des sangliers venaient y boire et le gardien du château aimait à chercher leurs traces le matin dans le sable de l'allée. Il savait encore distinguer l'empreinte du brocard de celle de la chevrette et celle du cochon solitaire de celle du quartannier.

Depuis son enfance il courait ces bois, connaissant tous ses habitants et il n'eut point été embarrassé si le marquis de Kerjégu était par miracle revenu sur terre et l'eut sommé incontinent d'aller "faire le pied" pour un départ au petit matin.

Hélas, ça ne risquait pas d'arriver et Robert Kéruz se contentait de faire cet examen pour le plaisir, pour entretenir sa science de la chasse et pour se prouver que, si une jambe lui faisait cruellement défaut, l'œil était toujours bon.

Il s'engagea au long de l'interminable margelle de pierre moussue qui bordait le bassin et la remonta lentement, goûtant le calme du lieu, l'odeur de l'eau, et la douceur sous le pied de la sente tapissée d'une mousse éternellement verte. Les hêtres géants qui surplombaient le bassin ne laissaient passer que quelques minces rayons de soleil qui se posaient sur l'eau comme des rais de projecteurs.

Il était bien rare que les visiteurs vinssent jusqu'à la fontaine monumentale qui alimentait le bassin et cette solitude plaisait au gardien. Il lui semblait que c'était une sorte de sanctuaire, un lieu miraculeusement préservé où vivait encore l'âme du vieux Trévarez, ce domaine magique de la forêt bretonne où, il n'y avait pas si longtemps encore, on chassait le loup et le sanglier dans la grande tradition de la vénerie.

Le silence n'était troublé que par le pépiement des oiseaux. De temps en temps, Kéruz s'arrêtait pour écouter leur chant. Comme les mélomanes savent, au cœur d'un orchestre, différencier le premier du second violon et la clarinette du hautbois, il savait reconnaître la voix du bouvreuil, celle du pinson, de la sittelle torchepot et il arrivait même à connaître leur humeur : un pinson ne chante pas de la même manière quand il a le gésier plein et quand un chat ou une belette vient menacer sa nichée. On lui avait dit qu'il y a des gens qui vont à l'opéra entendre de prestigieux orchestres. Son opéra à lui, Robert Kéruz, c'était ce théâtre de verdure et il en connaissait tous les musiciens par leur nom breton, par leur nom français, et par leur nom latin.

Le garde savait où ils nichaient, la couleur et le nombre d'œufs qu'ils pondaient, ce qu'ils mangeaient.

Il tenait à la main en guise de canne une forte branche de houx durcie au feu qui tenait au poignet par un lacet de cuir. Ici on appelait ça un "pennbaz". De tous temps, ça avait été l'arme des paysans bretons, arme redoutable qui pouvait, entre des mains expertes, faire éclater un crâne comme une noix.

Dans le lointain il entendit le moteur du petit train se mettre en marche. Tout à l'heure, il allait déverser une nouvelle cargaison de touristes bruyants sur l'esplanade du château et ce petit salopard de François Toullec leur referait, dans le grand salon dominant la vallée de l'Aulne, son numéro sur les Kerjégu et la chapelle Saint-Hubert.

Cependant, avant de s'en retourner vers ses obligations, Robert Kéruz avait encore le temps de marcher jusqu'à la fontaine qui alimentait le bassin. En fait de fontaine, c'était d'une muraille architecturée qu'il s'agissait. Une muraille de dix mètres de large, de six mètres de haut toute de granit sculpté. Au centre, un peu en retrait, une niche abritant une statue de sanglier grandeur nature, une bête fière, aux babines retroussées sur des boutoirs peu engageants.

De chaque côté de la bête symbole du domaine, quatre gargouilles, des têtes de faunes chevelus et barbus, aux yeux aveugles, vomissant dans une vasque un filet d'eau par une bouche éternellement ouverte.

Sous ces vasques, quatre hures étranges, mi-poissons mi-griffons, crachant elles aussi de l'eau dans une seconde vasque qui, elle, se déversait dans le grand bassin.

Robert Kéruz s'avança silencieusement. Son pilon ne faisait aucun bruit sur le tapis de mousse et il en ressentait une grande satisfaction. Comme tous les chasseurs, il aimait surprendre. Et pour surprendre, il faut être silencieux. Sur les planchers sonores du château ça n'était guère possible, mais ici il pouvait choisir où poser ses pas et un Iroquois sur le sentier de la guerre ne l'aurait pas entendu arriver.

A dix mètres de la fontaine, il se figea, sa main s'ouvrit et son pennbaz fut certainement tombé à terre si la dragonne de cuir ne l'avait retenu à son poignet.

Vautré d'une manière grotesque sous la statue du sanglier, encadré par les gorgones, il y avait un corps. Un corps vêtu de sombre, avec une chemise blanche et une cravate rouge. Le sanglier de pierre, l'œil mauvais, dégueulait son eau sur un visage blafard qui ruisselait comme une gargouille un jour d'orage. François Toullec, car c'était lui, prenait - à titre posthume - la douche la plus longue de son existence.

L'effet de surprise passé, Robert Kéruz s'approcha. "On" avait soigneusement installé le petit homme sous le jet et ses cheveux poivre et sel pendaient lamentablement sur son front, ondulant comme des algues au gré du courant.

François Toullec avait eu, de son vivant, un talent de société qui consistait à imiter la manière de parler de ses contemporains, ce qui lui assurait une grande popularité dans les estaminets qu'il honorait de sa clientèle.

Même mort, il continuait d'imiter. En effet, il avait adopté pour son dernier sommeil le masque des cariatides : les yeux clos, la bouche ouverte. Et, chose extraordinaire, on avait l'impression qu'un jet d'eau ininterrompu lui giclait du bec.

— Maudit ivrogne, maugréa Kéruz, il lui est sorti plus d'eau de la gueule c'te nuit qu'il n'en est rentré dans toute sa vie !

Le gardien du château était partagé entre l'âpre satisfaction de voir mort un type qu'il détestait plus que tout et la hantise des ennuis à venir. Car il faudrait bien prévenir la police et qui dit police dit emmerdements sans nombre.

A nouveau Kéruz grommela :

— Foutu salaud, pouvait pas aller se noyer ailleurs ? C'est pourtant point les endroits qui manquent ! Même crevé, faut que ça fasse chier l'monde !

Il resta encore un instant fixer le cadavre, puis il fit demi-tour et, aussi vite que le lui permettait son pilon, il se précipita pour donner l'alerte.

III

— Connaissez-vous le château de Trévarez ? demanda le commissaire Lebret à Mary Lester.

Il avait convoqué la jeune femme dans son bureau en milieu d'après-midi, heure inhabituelle pour une telle invitation ; d'ordinaire il donnait ses ordres le matin. Il l'avait priée de s'asseoir ce qui semblait vouloir dire que ce n'était pas simplement pour lui glisser deux mots entre deux portes.

— Trévarez ? dit-elle en fronçant les sourcils. Je ne vois pas.

— C'est un château situé en plein dans les Montagnes Noires, entre Châteaulin et Carhaix, près de Châteauneuf-du-Faou.

— Et que fait-on dans ce château ? demanda-t-elle sur la défensive.

— Oh, dit le commissaire Lebret d'un ton léger, on y fait des expositions de peinture, de fleurs, de bouquins et il possède un des plus beaux parcs d'azalées et de rhododendrons qui puisse exister.

— Si je comprends bien, c'est bucolique à souhait…

— Bucolique, reprit Lebret avec satisfaction, c'est le mot que je cherchais.

— Je suppose, dit-elle toujours méfiante, que vous ne m'y envoyez pas pour admirer les floraisons, en ce qui concerne les plantes de terre de bruyère, c'est fini depuis longtemps…

— Croyez-vous ?
— Et comment ! Nous sommes en août et les rhodos fleurissent au printemps. Tout le monde sait ça !

Le commissaire Lebret la regardait en souriant.

— Quelle science de la botanique, dit-il faussement admiratif. Pour le moment, ce sont les fuchsias qui sont en fleur.

Elle sourit à son tour :

— Et peut-être un ou deux petits cadavres ?
— Un seul... Pour le moment.

Elle persifla :

— Vous espérez mieux ?
— Sait-on jamais, dit Lebret. Quand ça commence dans ce pays...
— Qu'est-ce qu'il a ce pays ?
— Vous verrez bien... D'aucuns disent que c'est une terre de légende, qu'il y flotte un parfum d'un autre temps... Vous croyez aux fantômes ?

Mary regimba :

— A quoi jouons-nous, patron ? D'abord, qui est mort ?

Lebret soupira :

— On ne joue pas, Lester. Le mort se nomme François Toullec, un amateur d'histoire locale qui donnait ses conférences sur le domaine de Trévarez et ses origines, pour le compte du Conseil Général.
— Ah... Et de quoi est-il passé ?
— Trois balles dans la région du cœur.
— Calibre ? demanda Mary sans ciller.
— Vingt-deux *long rifle*.
— Une arme d'amateur.

Le commissaire eut une moue dubitative.

— Voire !
— Voire quoi ?
— Le tir est si bien groupé qu'on a du mal à y discerner la patte de l'amateur.

— Où a-t-on retrouvé le corps ?
— Sous une cascade, au fond du parc.
— Tentative de dissimulation ?
— Pas du tout ! Bien au contraire, il semble qu'on l'ait placé volontairement en évidence dans un endroit bien choisi, en exposition pourrait-on dire.
— Volonté de faire passer un message ?
— Peut-être.

Mary regarda le commissaire. Il n'était pas dans ses habitudes d'être aussi laconique ni aussi évasif. Il la regarda à son tour et sourit.

— Qu'est-ce qu'il y a patron ? demanda-t-elle.

Lebret prit un air innocent :

— Pardon ?

Elle hocha la tête :

— Je ne vous sens pas ! Ça ne vous ressemble pas de répondre comme ça par oui et par non. Qu'y a-t-il derrière cette histoire.

— Je n'en sais pas plus que vous Mary…

Elle nota avec un certain plaisir qu'il l'appelait par son prénom, ce qui n'était pas arrivé souvent, une ou deux fois après des enquêtes couronnées de succès, le comble ayant été atteint lorsque, après l'arrestation de Lostellier, il l'avait appelée "ma petite Mary", ce qui avait fait rire jaune les autres inspecteurs.

Cette fois, il avait un air à la fois ennuyé et amusé qui intriguait la jeune fille.

Il poussa une chemise cartonnée devant lui :

— Enfin, tout ce que je sais est contenu dans ce dossier qui m'a été transmis par la gendarmerie.

Elle prit la chemise, qui était assez mince et Lebret jouant avec son crayon dit presque à voix basse :

— Je ne vous ai pas désignée pour cette enquête, Mary, vous avez été requise.

Elle leva sur son supérieur un regard surpris.

— Requise ? mais par qui Grand Dieu ?
— Par le ministre lui-même.
— Le ministre ?
Elle tombait des nues.
— Oui mademoiselle, le ministre de l'Intérieur, pas moins !

Mary regardait Lebret comme s'il était en train de lui monter un canular.
— Vous me charriez, patron !
— Mais non, mon petit ! Le château de Trévarez appartient au Conseil Général, or le vice-président de ce même Conseil Général est sénateur, tout comme l'était notre ministre de l'intérieur. De plus, ils appartiennent à la même famille politique. Il se trouve que, depuis que vous avez embrassé la noble carrière d'inspecteur de police, vous vous êtes mise en évidence - à votre avantage - dans les enquêtes qui vous ont été confiées.

Mary le regardait bouche bée. Le commissaire poursuivit :
— Le Conseil Général tout entier ne jure plus que par vous pour enquêter dans son beau château. Or ce que le Conseil Général veut, le ministre le veut. Et, ce que le ministre veut, le commissaire principal Lebret le veut également. Je vous envoie donc traquer le criminel dans les Montagnes Noires. Bonne chance, mon petit.
— Mais, demanda Mary, ce n'est pas plutôt un boulot pour les gendarmes, ça ?
— Oh que si, dit Lebret. C'est même typiquement de leur ressort. Ils connaissent tous les barjots de leur territoire, leurs manies, leurs armes, leurs copains, leurs ennemis et même les heures auxquelles ils se saoulent la gueule ! Ce qui leur permet bien souvent de prévenir des drames. Honnêtement, je ne vois pas ce que vous allez pouvoir faire là bas, mais puisque le ministre le désire…

Il leva les bras en signe d'impuissance.
— J'y vais seule ? demanda Mary.

— Dans un premier temps, oui. Prenez contact avec les gendarmes et, si vous rencontrez des fantômes, passez-nous un coup de fil, on vous enverra du monde.

Mary se leva, toute troublée, sans même relever le sarcasme. Elle prit le dossier sur le bureau de Lebret, serra la main qu'il lui tendait et sortit.

IV

La gendarmerie de Châteauneuf-du-Faou se trouve à la sortie de la ville, en face d'un supermarché. C'est un bâtiment neuf, de facture moderne, aux murs bardés de larges ardoises et clos d'un grillage vert.

Mary présenta sa carte au jeune gendarme de permanence qui l'avait d'abord prise pour une estivante, victime d'un vol à la roulotte. Rougissant de sa méprise, il l'annonça illico à son chef, l'adjudant-chef Merrien.

Celui-ci se leva pour accueillir Mary, lui offrit une chaise, puis retourna s'asseoir derrière son bureau.

Mary, qui s'était munie de son dossier, tapota du doigt la chemise cartonnée :

— Drôle d'histoire, monsieur l'adjudant-chef !

— Vous pouvez le dire, soupira le gendarme. Je ne sais vraiment pas par quel bout la prendre.

Il regarda Mary avec un sourire embarrassé. Une drôle d'histoire, oui, et tout ce qu'on lui envoyait comme aide, c'était cette jeune fille, charmante ma foi, mais cela lui paraissait nettement insuffisant.

— Vous connaissiez la victime ? demanda Mary.

— Comme ça. Il venait régulièrement faire des conférences au château, alors évidemment, il m'est arrivé de le rencontrer.

— C'était un type du pays ?

— Presque, il habitait à Châteaulin. Cinquante et un ans, célibataire, professeur d'histoire dans une école privée, animateur de la radio locale où il tenait une chronique régulière, très écoutée car il était drôle et passait pour n'épargner personne.

— Cela aurait-il pu lui attirer des inimitiés ?

— Probablement, ça ne fait plaisir à personne de se voir clouer au pilori radiophonique. Toullec était particulièrement bien informé. Je me suis même souvent demandé d'où il tenait ses tuyaux. Maintenant, de là à le tuer, surtout de cette manière…

— Trois balles dans la région du cœur, dit Mary.

— Oui, trois balles de vingt-deux *long rifle*, un tir remarquablement groupé.

— Le meurtrier est un bon tireur, c'est déjà un indice, dit Mary.

— Certes, dit le gendarme, mais c'est tout de même un peu léger. Nous sommes dans un pays de chasse et je connais bien cent personnes capables de loger un chargeur dans une carte à jouer à cinquante pas.

— Ah, dit Mary. Et l'arme ?

— L'arme, dit le gendarme en la regardant avec un sourire de commisération, mais ici dans une maison sur deux il y a une carabine vingt-deux *long rifle* ! Vous nous voyez retrouver toutes ces armes pour les soumettre à la balistique ? Il faudrait décupler les effectifs !

Le gendarme soupira, resta un moment silencieux, les yeux dans le vague, puis il ajouta :

— Sans compter que ces armes sont en vente libre. Pensez bien que le type qui a fait ça l'a planquée !

— Il faudra bien commencer par quelque part pourtant, dit Mary.

— Bon d'accord, dit le gendarme, mais par où ?

— Vous avez envoyé les balles au laboratoire ?

— Bien entendu, dès que le légiste nous les a fait parvenir.

Il regardait Mary d'un air ironique, d'un air de dire : « Ma petite, si c'est là tous les conseils que tu as à nous donner, tu aurais aussi bien fait de rester à Quimper… ».

Et Mary qui avait lu ça dans ses yeux s'en irrita :

— Ecoutez, monsieur l'adjudant-chef, je n'ai pas demandé à venir ici…

Machinalement, pour se donner une contenance, l'adjudant-chef tordait et détordait un trombone d'un air embarrassé, sans oser regarder Mary. Elle poursuivit :

— Je suis ici parce que le commissaire Lebret, mon patron, m'en a donné l'ordre. Et il m'en a donné l'ordre parce que le président du Conseil Général l'a demandé. Et savez-vous à qui il l'a demandé ?

Le gendarme paraissait de plus en plus ennuyé. Mary le fixait mais il ne levait pas les yeux de son sous-main.

— Au ministre de l'Intérieur lui-même.

Le gendarme soupira. Aïe, aïe, aïe ! Pas de doute, il avait touché le gros lot !

Ce fut au tour de Mary de sourire. Elle radoucit le ton :

— Je ne suis pas ici pour vous casser les pieds mais pour vous aider et aussi pour que vous m'aidiez. Sans vous, je ne peux rien faire…

Le gendarme leva les yeux, surpris. Avait-il quelquefois eu à subir la désinvolte condescendance des policiers en civil ? Il n'avait devant lui qu'une jeune fille toute simple qui lui souriait et il avait du mal à imaginer qu'elle faisait partie de la grande maison.

Il sourit à son tour et cette fois son sourire parut plus franc à Mary :

— Soyez certaine, mademoiselle, que je vous apporterai toute l'assistance que je pourrai.

— Voilà qui est parfait, monsieur l'adjudant-chef, je n'en demande pas plus ! Si vous n'avez rien d'urgent, j'aimerais que vous me fassiez voir l'endroit où l'on a retrouvé le cadavre.

Le gendarme se leva :

— Pas de problèmes, allons-y.

Il ouvrit une porte et dit à un interlocuteur invisible :

— Lucas, je vais jusqu'au château avec l'inspecteur Lester.

Puis à Mary :

— On va prendre la 4 L.

Le château était situé sur une colline à environ quatre kilomètres de Châteauneuf-du-Faou. L'agglomération étant elle-même sur une autre colline, il fallait d'abord descendre une route en lacets, passer sur le pont qui enjambe le canal de Nantes à Brest et remonter par une voie ombragée de hautes futaies.

Le domaine était défendu par un grillage qui venait d'être posé. Les vestiges de l'ancienne clôture, morte de rouille, gisaient encore dans le fossé. Près de l'entrée, une petite maison de garde construite dans le style du domaine - parements de pierre et brique rouge - où l'on délivrait les billets d'entrée aux visiteurs. Tout autour, d'immenses parkings bordés de talus plantés de rhododendrons.

— On attend tant de visiteurs que ça ? interrogea Mary tandis que le gendarme s'arrêtait devant la grille de fer forgé.

— Il en vient pas mal, dit le gendarme, surtout en été et à la saison des plantes de bruyère. En avril et en mai la floraison simultanée de tous ces massifs est véritablement extraordinaire.

Il donna deux petits coups de klaxon et à ce bruit, comme par enchantement, les deux vantaux s'ouvrirent silencieusement. La voiture s'engagea au ralenti sur une large allée bien entretenue menant à une immense bâtisse pourvue d'une porte monumentale en granit sculpté ayant, en guise de clé de voûte, une superbe tête de cheval.

— Voilà donc le château, dit Mary.

Le gendarme la détrompa :

— Eh non, ce ne sont que les écuries.

La voiture passait au ralenti devant une belle cour dallée de petits pavés.

— Ben mince, dit-elle en se retournant, ils étaient bien logés les chevaux !

— Bien mieux que vous ne pensez, dit encore le gendarme.

Il arrêta la voiture.

— Tenez, puisque nous sommes là, entrons donc jeter un coup d'œil.

Ils traversèrent une première salle au sol pavé, aux plafonds voûtés comme ceux d'une crypte, briquetés entre des armatures métalliques, où il y avait une exposition de photos.

— Ici étaient les stalles des chevaux du domaine, dit le gendarme. Tout était d'un luxe étonnant : barreaux de fonte, mangeoires émaillées, box en bois de teck agrémentés de serrures de bronze…

Puis ils débouchèrent sur la grande salle coiffée d'un toit de verre. Il y régnait un curieux parfum d'épices mélangées et, dans des stands encore déserts, d'étranges poudres aux chaudes couleurs dessinaient de savantes arabesques.

— Ce mois-ci, c'est une exposition sur les épices, dit l'adjudant-chef.

— Je vois, dit Mary. Ça sent bon.

Puis regardant autour d'elle et évaluant l'immensité de la salle éclairée par la vaste verrière :

— Mais il y a de quoi faire un manège ici !

— Oui. En fait, pendant la saison des chasses, le marquis de Kerjégu recevait de nombreux invités, des Anglais en particulier, qui venaient avec leurs chevaux. Ils étaient abrités dans cette grande salle. Là-haut (il montrait des fenêtres qui donnaient sur la cour), il y a actuellement une exposition de peinture. Mais autrefois c'était les logements des domestiques : palefreniers, bourreliers, menuisiers, valets de chiens, forgerons, logeaient à l'étage dans de confortables appartements. Habitant sur place, ils étaient disponibles à toute heure et, par la fenêtre intérieure, ils pouvaient surveiller les chevaux en permanence.

Mary hocha la tête, impressionnée.

— Là, dit le gendarme en montrant de vastes portes cochères ouvertes sur des salles obscures, il y avait la forge, la remise des voitures domaine du charron, la sellerie, l'infirmerie.

— Quelle organisation ! dit Mary.

— N'oublions pas, expliqua doctement le gendarme qui semblait prendre plaisir à jouer les cicérones, qu'à cette époque le cheval était le seul moyen de locomotion dans cette région et qu'on jugeait volontiers la qualité d'un gentilhomme à celle de ses attelages.

— Plus personne n'y habite ?

— Si, Robert Kéruz, le garde. Il a un appartement dans l'angle sud.

— Il vit seul ?

— Avec sa femme. Tenez, la voilà…

Une porte venait de grincer et une femme au visage anguleux et sombre apparut dans l'encadrement. Quand elle vit le gendarme, son visage se renfrogna encore et, avant que l'adjudant-chef ait pu dire un mot, elle jeta :

— "Il" n'est pas là, "Il" est au château.

— Ah bon, dit le gendarme. Eh bien, il ne nous reste plus qu'à aller le rejoindre.

La vieille n'avait pas bougé, elle fixait Mary de ses petits yeux durs, des yeux sombres et enfoncés, des yeux de belette, pensa Mary.

Ils regagnèrent la voiture.

— Pas l'air commode la bonne femme, dit Mary.

— Bon Dieu non, dit le gendarme. Faut dire qu'avec le Kéruz, elle ne doit pas rigoler tous les jours !

— Il est comment ce type ?

— Grand, taciturne, aigri. Il a perdu une jambe en Indochine…

— Pendant la guerre ?

— Oui, il s'était engagé dans la coloniale. Il a sauté sur

une mine, je crois. Et puis il est revenu au pays et il a obtenu cet emploi réservé.

— Il n'est pas le plus malheureux…

— Matériellement non, mais pour bien comprendre il faut savoir que Robert Kéruz est le petit-fils de Louis Kéruz qui fut, pendant cinquante ans, le garde particulier du marquis.

— Et alors ?

— Ah, dit le gendarme, vous ne vous rendez pas compte de ce que représentait à l'époque, une situation comme celle-là ?

— Ben non, avoua Mary.

— Ah, c'était là une situation d'importance ! Le garde-chasse en chef était l'homme clé du domaine. Il avait la haute main sur douze gardes qui lui remettaient leur rapport chaque semaine. Il en faisait la synthèse et rendait compte au marquis. Il était logé dans un pavillon particulier, disposait d'un petit domaine où il régnait sans partage sur une domesticité composée d'un commis de ferme, d'un jardinier, d'une femme de linge et de ménage.

— Un vrai petit seigneur, dit Mary.

— Oui, et je suppose, dit encore le gendarme, que Kéruz a toujours gardé la nostalgie du temps de son enfance. Car, si après la guerre le domaine n'était pas parti en botte, il aurait probablement hérité de la charge de son grand-père, n'aurait pas été obligé de s'engager pour l'Indochine et aurait encore ses deux jambes.

— Et une situation autre que celle qu'il connaît actuellement, compléta Mary.

Elle regarda le gendarme :

— Un nostalgique de l'ancien régime, en quelque sorte.

— Et il n'est pas le seul, dit le gendarme. La domesticité à Trévarez était souvent une affaire de famille. Être employé du marquis que ce soit comme berger, palefrenier, cuisinière ou femme de chambre procurait le gîte, le couvert et l'assurance - sauf faute lourde - d'une situation à vie. Ces emplois étaient très recherchés...

La petite voiture bleue escalada la dernière pente et traversa l'esplanade sablée qui s'étendait devant le château.

Et là, Mary eut un coup au cœur. On avait eu beau lui dire que c'était un château extraordinaire, elle ne s'était pas attendu à ça. Elle avait devant les yeux une bâtisse gigantesque d'une architecture inusitée en Bretagne, où le gothique se mariait au style Renaissance... Comble de surprise, cette puissante construction semblait étrangement intégrée à un paysage pourtant bien peu fait pour elle.

Le gendarme ne la lâchant pas des yeux la laissait admirer. Il semblait que la colline avait été aplanie en son milieu pour donner place au château et à son esplanade. Derrière, les prairies descendaient en pente douce jusqu'à l'Aulne canalisée qui étirait paresseusement ses méandres à travers une verte campagne. Posée comme un jouet non loin de l'eau, une antique chapelle de granit, de la plus pure tradition bretonne.

Mary finit par se retourner vers l'adjudant-chef.

— Impressionnant, dit-elle.

— Ouais, dit l'adjudant, ça fait toujours un coup lorsqu'on le voit pour la première fois.

— Dites-moi, il n'était pas un peu mégalo votre marquis ?

Le gendarme sourit de toutes ses dents qu'il avait très blanches et très bien rangées sous une moustache noire :

— Peut-être bien...

Puis il y eut un crissement de pas sur le gravier et Mary se retournant découvrit Robert Kéruz. L'adjudant n'aurait pas eu besoin de le présenter, le garde se déhanchait sur son pilon et avait l'air le plus malengroin qui se puisse voir. Il s'arrêta à trois pas et demanda d'une voix de basse :

— C'est-y que vous avez encore besoin de moi, mon adjudant-chef ?

Il n'avait pas eu un regard pour Mary. Elle remarqua

pourtant qu'il donnait son grade entier au gendarme. Une habitude probablement gardée de son passage dans la coloniale où les femmes n'existaient que pour le repos du guerrier.

— Eh oui Kéruz, dit le gendarme. Permettez-moi de vous présenter l'inspecteur Lester qui a été détachée par le Ministère de l'Intérieur pour enquêter sur la mort de François Toullec.

Mary sentit les yeux noirs de l'ancien sergent de la coloniale se poser sur elle, des yeux inquisiteurs qui, la surprise passée, ne reflétaient plus que de la méfiance. Il donna un vague coup de tête accompagné d'un grognement en guise de salut.

— Si vous voulez bien monsieur Keruz, dit-elle, vous allez nous accompagner à l'endroit où vous avez découvert le corps.

Le gardien hocha la tête sans mot dire et se mit en marche vers l'aile ouest du château. Mary et l'adjudant-chef Merrien le suivirent en silence. Il y avait là une vaste terrasse d'où l'on surplombait toute la vallée coupée comme un damier inégal de champs et de pâturages formant un merveilleux camaïeu de verts, illuminé de place en place du jaune acide des colzas. Au loin, dissimulés dans une légère brume, on distinguait les contreforts mauves du mont Saint-Michel de Brasparts.

Devant eux le garde allait, claudiquant sur sa patte de bois et, bien qu'il eût ce handicap, Mary avait du mal à le suivre tant il faisait de grandes enjambées, pivotant avec adresse sur son pilon en lançant ses hanches en avant. Le bonhomme était très grand et sa maigreur accentuait encore cette impression que l'on avait d'être en présence d'un géant.

— Dites donc, dit-elle à Merrien, il taille la route votre unijambiste. Je n'aurais pas voulu faire la course avec lui quand il avait ses deux pattes !

Le gardien qui avait pris une dizaine de mètres d'avance longeait le bassin sans se soucier d'eux.

— Une lignée de garde-chasse, dit Merrien en ôtant son képi pour s'essuyer le front. De rudes gaillards, croyez-moi, capables de marcher à la tête de leurs chiens pendant des heures alors que leurs maîtres avaient du mal à les suivre à cheval !

— Ça a dû faire un fameux soldat, dit encore Mary.

— Je pense bien ! Robert Keruz doit être l'un des sous-officiers les plus décorés de l'armée. Il faut le voir au défilé du 11 novembre, avec cette brochette de citations à faire pâlir d'envie un général de l'armée mexicaine. Et croyez-moi, ces citations il ne les a pas gagnées au feu des cuisines !

Le garde était arrivé près du mur de la fontaine, il attendait, les bras croisés, le visage impassible.

— C'est donc ici, dit Mary.

— C'est ici, dit Merrien en écho. Le corps reposait sous la vasque du sanglier, dans l'eau jusqu'aux épaules. Vous avez vu les photos ?

Ce n'était même pas une question.

— Oui, fit Mary.

Puis, s'adressant au gardien :

— Avant l'arrivée des gendarmes vous n'avez touché à rien ?

— A rien, grogna le garde.

— Et sur le sol, vous n'avez remarqué aucune trace ?

— Aucune.

— En tant que chasseur, vous devez pourtant être habitué à relever les traces du gibier.

Kéruz souffla du nez avec mépris :

— Les traces du gibier on les relève à la saison de la chasse, c'est-à-dire en hiver, quand les sols sont détrempés par la pluie.

Il se tut, comme fatigué d'avoir fait une aussi longue tirade.

Puis d'un geste du front il montra la sente qu'ils venaient de parcourir tous les trois :

— Essayez donc de relever une trace là-dessus...

Mary se pencha sans rien voir. Le tapis de mousse qu'ils avaient foulé s'était redressé comme un bloc de caoutchouc. De plus une petite brise s'était levée faisant voler des feuilles mortes depuis le dernier automne. Elles se reposèrent sur le chemin qu'ils venaient de parcourir si bien qu'il devint impossible de distinguer quoi que ce fût.

Mary s'adressa cette fois à l'adjudant-chef Merrien :

— Vous n'avez pas pensé à faire venir un chien policier ?

A nouveau Kéruz souffla avec mépris. Mary se retourna vers lui :

— Qu'y a-t-il monsieur Kéruz ? Qu'ai-je dit de si extraordinaire ?

Les yeux noirs du garde se posèrent sur elle et il articula :

— Sauf vot'respect, ma petite demoiselle, vous ne paraissez pas connaître grand-chose aux chiens !

Mary le dévisagea froidement :

— Moins que vous sans doute, monsieur Kéruz, mais je ne demande qu'à apprendre.

— Eh ben, dit le garde soudain embarrassé par la répartie, c'est que pour qu'un chien courre une piste, il faut qu'on lui ait fait sentir un objet ayant appartenu à la personne recherchée.

— Oui ? dit Mary toujours glaciale.

— Eh ben, dit l'autre en regardant du côté de l'adjudant-chef comme pour chercher du secours.

Et comme il restait à sec d'arguments, le gendarme vint à son secours :

— Le cadavre de François Toullec ayant trempé toute la nuit dans la flotte, quand Kéruz l'a découvert il ne sentait plus rien.

Le gardien secoua la tête avec conviction, c'était bien cela. Il ajouta :

— En plus, comme des centaines de touristes ont couru dans le parc...

Mary dut convenir qu'en effet, la piste avait toutes les raisons d'être brouillée.

— Il n'a pourtant pas été tué là, dit Mary. On s'imagine mal ce type venant prendre un bain de minuit dans un endroit aussi sinistre. Vous êtes le dernier à l'avoir vu vivant, monsieur Kéruz.

— Oui, dit le garde avec un air de plus en plus ennuyé.

— C'était quand ?

— Avant-hier.

— Racontez-moi ça !

Le gardien regarda le gendarme de nouveau d'un air de surprise indignée, un air de dire : « Il faut vraiment que je réponde à cette fille ? ». Mais comme le gendarme ne disait rien, il finit par articuler :

— Ben voilà, il a fait sa conférence comme d'habitude et puis il est parti à pied par le raccourci.

— Il y avait beaucoup de monde à la conférence ?

— Bof... une vingtaine de personnes.

— Toutes s'en sont allées ensemble ?

— Oui.

Il plissa le front, parut réfléchir et se reprit :

— Enfin non... Il y a deux dames qui sont restées un peu causer avec lui. Même qu'il y en a une qui a acheté un livre.

— Toullec vendait des livres ? demanda Mary en regardant le gendarme.

— Oui, dit celui-ci. Il a édité à compte d'auteur quelques plaquettes sur le château et sur l'histoire locale. Il les écoule ainsi au gré de ses conférences.

— Ah... Et ces dames sont parties longtemps après les autres ?

Le regard de Mary était revenu sur le garde. Il haussa les épaules :

— Chais pas… Peut-être cinq minutes après. Ils sont restés causer, et puis elles lui ont demandé une signature.

Mary fronça les sourcils :

— Une signature ?

— Une dédicace, précisa le gendarme.

— C'est ça, dit le garde.

— Ensuite ? demanda Mary.

— Ben il a rangé ses bouquins dans sa serviette, et puis il est parti à pied.

— Et vous ?

— J'ai fermé la grille et puis je suis rentré chez moi en vélo.

Il sentait les yeux de Mary fixés sur lui et ça le mettait mal à l'aise. Sentant qu'elle attendait quelque chose, il ajouta :

— Après je suis allé jusqu'à la grille du parc et j'ai vérifié que tout était normal.

— Et tout était normal ?

— Oui. Ginette faisait sa caisse comme d'habitude.

— Vous ne lui avez pas demandé si François Toullec était sorti ?

— Non. J'ai pensé qu'il était parti puisque je ne voyais pas sa voiture.

— Et pour cause, dit le gendarme, elle était dans la partie la plus boisée, tout en haut du parking. On l'y a retrouvée hier.

— Où est-elle maintenant ?

— Dans la cour de la gendarmerie.

— C'est quel type de voiture ?

— Un break Mercedes vieux d'une dizaine d'années. Je l'ai examiné, rien à signaler. Sa serviette n'y était pas, il est probable qu'il n'est jamais revenu à sa voiture.

— Donc il a été tué à l'intérieur du domaine.

— Je pense que ça ne fait pas de doute. Reste à savoir où.

Pendant cet échange entre les deux représentants de la loi, Kéruz s'était tenu coi, la tête baissée, fixant le gravier entre son pilon et sa chaussure. Mary se retourna vers lui :

— Et vous, monsieur Kéruz, vous n'avez rien entendu !

Le garde secoua la tête négativement. Mary insista :

— Trois coups de fusil tout de même, ça doit faire du bruit dans le calme du soir !

— Pas de fusil, dit le garde, de carabine.

Mary s'emporta devant ce qu'elle considérait comme une manifestation de mauvaise foi :

— Fusil, carabine, c'est la même chose non ?

Les lèvres minces du garde parurent s'étirer de quelques millimètres, ce qui devait être sa façon de sourire.

— Non, dit-il doucement, sur une carabine on peut adapter un silencieux et alors…

— Alors on n'entend plus rien ?

— Plus grand-chose. D'autant que s'ils ont été tirés dans le bois, la futaie étouffe vite les bruits.

— Il faut, dit Mary, que nous retrouvions l'endroit où il a été tué. Par où dites-vous qu'il s'en est retourné ?

Le garde montra de la tête un sentier qui s'enfonçait dans les rhododendrons.

— Par le raccourci.

— Allons-y, dit Mary à l'adjudant-chef Merrien.

Celui-ci eut une moue désapprobatrice :

— Je suis déjà passé et repassé par là avec mes hommes.

A ce moment une femme parut sur le perron du château faisant des grands signes du bras à l'adresse du gendarme :

— Téléphone !

Il s'élança au pas de course et disparut avec la femme à l'intérieur de la bâtisse. Il ne fallut pas longtemps pour qu'il réapparaisse, plus vite encore qu'il n'était entré :

— Venez, cria-t-il à Mary en se dirigeant vers la 4L.

A son tour Mary piqua un galop laissant Robert Kéruz tout seul au milieu de l'esplanade. Le moteur tournait déjà quand Mary se laissa tomber sur la banquette de moleskine.

— Que se passe-t-il ? demanda-t-elle.

— On a retrouvé un des bouquins de François Toullec, dit le gendarme en faisant grincer ses vitesses.

— Où ça ? demanda Mary.

— Dans un arbre creux, sous des feuilles mortes. C'est une petite fille qui l'a découvert en jouant à cache-cache. Le père est venu ce matin le déposer à l'accueil.

— Il est encore là ?

— Oui, j'ai dit à Ginette de le retenir jusqu'à ce que nous arrivions.

V

Il n'était pas content le touriste. Toute sa petite famille attendait dans la voiture chargée jusqu'au toit, caravane accrochée derrière le break Renault 20, prête à partir pour la mer. De petite taille, il avait mis une belle chemise Lacoste rouge, un bermuda écossais qui ressemblait à une jupe sur ses mollets poilus et une paire de Reebook. De temps en temps il regardait furtivement sa femme qui, de la place du chauffeur, lui faisait des mines furieuses. Quand le gendarme et Mary arrivèrent, il soupira avec ostentation :

— Je suis attendu à La Trinité pour midi…

L'adjudant-chef avait cru devoir prendre son air le plus vache pour lui dire qu'il n'en avait rien à faire, mais Mary le devança :

— Nous allons faire au plus vite monsieur…

— Lécuiller, dit l'homme en faisant mine de sortir ses papiers de sa poche arrière.

— Laissez, dit Mary en l'arrêtant d'un geste.

Puis elle poursuivit :

— Monsieur Lécuiller, avant toute chose, je vous remercie de vous être dérangé pour nous rapporter ce livre. Je suis l'inspecteur Lester et j'enquête sur la mort de monsieur Toullec.

— J'ai appris ça par le journal ce matin, dit l'homme, et comme ma fille a trouvé hier un livre de ce monsieur dans un arbre creux, j'ai pensé que ça pouvait avoir de l'importance.

Ce disant, il prenait lui même une mine importante, se tenant droit, bombant le torse.

— Et comment, dit Mary. Il faudrait que vous veniez avec la petite nous montrer où exactement elle a trouvé ce bouquin.

L'homme eut un geste ennuyé en montrant la voiture :

— Est-ce bien indispensable ? C'est que je suis pressé…

— Demandez à la petite de venir, dit Mary, nous irons en voiture, ça ne sera pas long.

Lécuiller s'en fut jusqu'à sa voiture où sa femme arborait une gueule de vent debout. Les deux époux échangèrent quelques phrases chargées d'électricité, puis une fillette descendit et accompagna son père jusqu'à la Renault du gendarme.

Il n'y eut pas plus de cinq cents mètres à faire sur une des allées de service. La fillette désigna, sur le bord du chemin, le banc où s'étaient assis ses parents, puis elle s'engagea résolument sous les rhododendrons bordant l'allée, suivie de son père, de Mary et du gendarme et s'arrêta au bout de vingt pas près d'un très vieux hêtre couvert de mousse :

— C'est ici ! dit-elle fièrement.

Il y avait dans le tronc une fente suffisamment large pour laisser passer un homme de moyenne corpulence. Mary se pencha pour regarder à l'intérieur mais il y faisait si sombre qu'on n'y voyait goutte.

— Il faudrait une lampe électrique, dit-elle. Mais nous verrons ça plus tard. Monsieur Lécuiller, nous allons vous reconduire à votre voiture…

Quand la 4L fut de retour à la grille, madame Lécuiller fumait avec un détachement ostensible en faisant tomber d'un bras indolent, les cendres de sa cigarette par le carreau ouvert.

Elle n'accorda pas un regard aux gendarmes ni à son époux. Mary remercia Lécuiller de son témoignage et forma des vœux pour que son civisme ne lui occasionne pas trop de déboires domestiques. Lécuiller grimaça d'une façon comique et dit :

— Oh, si elle avait su conduire, elle serait déjà loin !

Puis il monta dans sa voiture et la caravane s'ébranla tandis que la petite fille faisait de la main des gestes d'adieu.

Merrien qui n'avait jusque là dit mot explosa :

— Et vous les laissez partir comme ça !

Mary le regarda d'un air ingénu :

— Vous vouliez les arrêter ?

Le gendarme faillit s'étouffer :

— Non mais…

— Mais quoi ?

— Il aurait fallu prendre leur déposition, au moins relever leur identité !

— Pour quoi faire ?

— Pour quoi faire ? répéta stupidement Merrien. Mais…

— L'important coupa Mary, c'est qu'on sache où était ce bouquin !

Et, se tournant vers le gendarme qui n'avait pas l'air convaincu :

— Enfin Merrien, (c'était la première fois qu'elle l'appelait par son nom) voilà un brave citoyen qui trouve un indice et qui est assez malin pour faire la corrélation entre ce qu'il a lu dans le journal et cet indice. Il a le civisme de venir nous en faire part, au risque d'une scène de ménage. Vous avez vu la mégère ?

Merrien hocha la tête. Ouais, il avait vu.

— Et vous voudriez, poursuivit Mary, qu'on le retienne, qu'on le questionne comme un suspect ? Il n'y a pas un français sur mille qui aurait fait ce qu'a fait ce Lécuiller !

— On ne connaît même pas son adresse, bougonna Merrien.

— Eh bien on la trouvera, si besoin, par son numéro de voiture !

— Nom de Dieu ! jura l'adjudant-chef, son numéro de voiture !

— Ne me dites pas que vous ne l'avez pas noté, persifla Mary.

Et devant l'air penaud de Merrien elle jeta :

— 6623 TZ 22 !

L'adjudant-chef sortit un carnet et nota en répétant :

— 6623 TZ 22. Moi quand je ne note pas tout de suite...

Puis il regarda Mary admiratif :

— Je me demande comment vous faites...

Ils étaient revenus à la 4 L et Mary, la main sur la poignée de la voiture dit à Merrien :

— C'est tout simple mon vieux : 6623... décomposez, il y a deux 6, puis un 2 pour vous le rappeler et enfin un 3. Deux fois trois, six. Okay ?

Le gendarme, sans même se dire qu'elle devenait bien familière, la regardait comme une extraterrestre.

— Pour les lettres, dit Mary, c'est tout simple : TZ. La première et la dernière lettre de Trévarez.

— Tout simple en effet, dit le gendarme, il suffisait d'y penser. Quant aux deux autres numéros ?

— Enfantin, Merrien ! 22, ça ne vous dit rien ? Vingt-deux, v'la les flics !

— Vous alors, dit le gendarme ne sachant trop s'il devait rire ou pleurer.

Elle ne lui laissa pas le temps de choisir :

— Mais roulez donc Merrien ! s'exclama-t-elle, allons voir de plus près cet arbre creux !

oOo

Le gendarme s'était pourvu d'une lampe torche, ce qui facilitait grandement les investigations. Au sol il y avait un tapis de feuilles mortes qui s'étaient accumulées là depuis des décennies. Celles du dessous s'étaient décomposées, formant un terreau humide et noir. Mary le fouilla longuement avec une branche morte, sans succès.

Elle se redressa et dit dépitée :

— Il n'y a rien !

— Si ça se trouve, dit le gendarme, la gamine nous a désigné n'importe quel arbre, au hasard.

— Non, dit Mary, elle y est venue directement, c'est sûrement ici.

Le gendarme fit quelques pas, écrasant les feuilles mortes tandis que Mary retournait à son arbre. Cette fois elle braqua la lampe vers le haut et le gendarme l'entendit appeler :

— Merrien ! J'ai trouvé !

Elle sortit du tronc dans lequel elle s'était tout entière faufilée :

— Regardez, là, en haut !

Et Merrien obtempéra en se tordant les reins et vit une serviette à demi-ouverte, coincée dans une aspérité du tronc. Il allait s'en emparer quand Mary l'arrêta :

— Doucement, attendez !

— Attendre quoi ? demanda-t-il surpris.

— D'avoir des gants peut-être.

— Des gants ? mais pourquoi ?

Et, faisant lui même la relation :

— Nom de Dieu ! les empreintes, c'est vrai ! Vous pensez qu'il y en a ?

— J'en sais rien, dit Mary, mais ça vaut la peine de vérifier.

— Vous avez raison, dit le gendarme fâché de s'être fait prendre en défaut deux fois de suite, il faut aller chercher des gants !

— Pas la peine, dit Mary et à nouveau le gendarme la regarda avec inquiétude. Qu'allait-elle lui sortir encore ?

— Il y a des sacs en plastique dans la voiture, dit Mary, on y enfile les mains et ça fait d'excellents gants.

Le gendarme soupira. Encore une fois cette souris avait raison. Il la regarda avec une admiration mêlée de rancune, pressentant qu'avant la fin de cette enquête, elle parviendrait bien à le faire tourner en bourrique.

oOo

L'adjudant-chef Merrien et Mary avaient fouillé systématiquement les abords du gros hêtre creux. En vain. Ils avaient, partant de l'arbre, dessiné un cercle qui allait en s'élargissant, écartant les feuilles mortes, mais rien de probant n'était apparu. Il y avait bien çà et là des traces relativement nettes, mais il ne fallait pas oublier que des enfants avaient, la veille, joué à cache-cache en ces lieux et que ces innocents divertissements pouvaient avoir détruit tout autre indice.

— On devrait quand même retrouver les douilles, dit Mary !

L'adjudant soupira en s'appuyant contre un tronc :

— C'est chercher l'aiguille dans une botte de foin...

Il se retourna vers le sous-bois, vers les feuilles qu'ils avaient consciencieusement retournées :

— Faudrait un détecteur de métaux...

— Vous avez ça à la gendarmerie ? demanda Mary.

— Ça peut se trouver, dit Merrien en s'épongeant le front. Dès demain j'enverrai deux hommes avec l'appareil repasser là-dessus.

Mary s'était, à son tour, assise sur un arbre couché :

— A mon avis, ce n'est pas ici qu'il faudrait chercher les douilles. Ça serait plutôt...

Elle se leva d'un bond et regagna le chemin.

— Merrien, venez donc par là !

— Quelle mouche la pique encore ! maugréa l'adjudant-chef en escaladant la pente.

Mary était déjà sur le chemin, allant et venant, tout excitée.

— Merrien, écoutez moi...

L'adjudant-chef la regardait, stupéfait. Pour un drôle de numéro, c'était un drôle de numéro que la fameuse Mary Lester ! Sans se soucier de l'air effaré du gendarme, elle allait et venait sur la route.

— Suivez-moi bien, Merrien : Toullec quitte le château vers 19 h 30. Il emprunte ce chemin pour sortir de la propriété... Or il n'en sortira jamais. Pourquoi ? Parce qu'on l'a assassiné avant qu'il n'ait atteint la sortie. Donc son assassin l'attendait entre le château et le grand portail.

Elle fixa l'adjudant-chef.

— Jusqu'ici ça va ?

Et comme il acquiesçait avec un rien d'impatience, d'un air de dire "on sait tout ça ma petite", elle continua sa démonstration :

— Pour une raison X qui restera à démontrer, "ON" a tendu une embuscade à Toullec. Voici donc ce que nous allons faire : vous, Merrien, vous êtes un militaire, donc en matière d'embuscade, vous devez en connaître un rayon. Moi, je suis une civile et je n'entend rien à ces choses. Je suis naturellement désignée pour faire la victime.

— Quelle victime ? balbutia le gendarme effaré.

— La vôtre, mon vieux Merrien ! Mettez-vous dans la peau de l'assassin ! Je vais suivre le chemin que prenait Toullec chaque soir, et vous, vous me précéderez de quelques mètres en cherchant, comme si vous étiez l'assassin, l'endroit propice duquel loger trois balles dans le cœur de la cible.

— Mais il peut y avoir plusieurs postes de tir ! dit Merrien.

— Sûrement ! Cependant, le sentier n'est pas très long et on peut penser que le ou les tireurs ne se sont pas planqués trop près du château, ni trop près de la porte de sortie.

Le visage de l'adjudant-chef s'éclaira :

— Je vois, il faudrait commencer à chercher vers le milieu du chemin !

Mary lui tapota familièrement le coude :

— Eh bien voilà ! ça commence à rentrer, dites-moi !

Plus tard, quand cette enquête fut terminée, l'adjudant-chef Merrien s'aperçut qu'il n'avait jamais été tant partagé entre la colère d'être ainsi "charrié" par celle qu'il avait d'abord considérée comme une gamine, et l'envie de rire tant les façons de ladite gamine étaient spontanées et son enthousiasme communicatif. Se prenant au jeu, il examina point par point les lieux où on aurait pu aligner tranquillement le conférencier.

— Pour commencer, dit-il, je pense qu'il ne faut considérer que la partie haute du chemin. Il est plus facile de tirer de haut en bas que de bas en haut.

Après quelques minutes de marche silencieuse, il revint sur ses pas et montrant à Mary un gros arbre couché à quelques mètres au dessus du chemin, il dit :

— Moi je me serais mis là.

— Pourquoi ? demanda Mary.

— D'abord parce qu'il y a une cinquantaine de mètres en ligne droite et qu'ainsi j'ai le temps de voir mon "client" venir, ensuite parce que la vue est dégagée. Ce gros arbre en tombant a écrasé les arbustes et on peut s'y appuyer pour prendre sa visée.

— Parfait, dit Mary, allons-y voir !

Cette fois, si rapide qu'elle fut, le gendarme l'avait précédée. Il semblait tout à coup que l'enquête commençât à le passionner.

— Regardez, dit-il d'une voix toute vibrante d'excitation, tout est piétiné derrière le tronc ! Quelqu'un s'est posté là, et pas qu'une fois !

En effet, quand Mary le rejoignit, elle put constater que l'humus du sous-bois était à nu.

— Croyez-vous qu'un chien pourrait prendre cette piste ? demanda-t-elle.

— Non, dit l'adjudant-chef. Ça fait trop longtemps... Et si l'on voit que quelqu'un a stationné là, en revanche, on n'aperçoit pas de traces de semelles… je veux dire de traces exploitables.

— Bon, dit Mary. Alors, mettez-vous là et imaginez que vous tenez un fusil…

Le gendarme se posta derrière le tronc et fit, en épaulant sa badine, mine de viser.

— Je descends, dit Mary en dévalant la pente. Maintenant, cria-t-elle quand elle fut sur le sentier, je vais remonter comme Toullec l'a probablement fait. Vous, vous continuez de me viser. Quand vous jugerez le moment venu de tirer, criez : "stop !"

Elle descendit jusqu'à ce que le coude du sentier la cachât aux yeux de l'adjudant-chef, puis elle remonta lentement. Quand elle fut à mi-ligne droite, elle entendit Merrien crier. Elle était à l'aplomb du banc qui avait servi à la petite fille à repérer l'endroit où elle avait trouvé le livre. Alors elle cria à son tour :

— Descendez Merrien, venez donc me rejoindre !

Et quand l'adjudant-chef fut à sa hauteur :

— C'est probablement ici que Toullec a reçu ses trois pruneaux.

Merrien regardait autour de lui sur le chemin.

— On ne voit rien, dit-il.

— Savez-vous, demanda Mary, si les balles de vingt deux *long rifle* occasionnent des saignements importants ?

— Faudrait demander à un expert, dit Merrien sans se mouiller. Ça dépend de l'endroit où elles se sont logées.

— Dans le cas qui nous préoccupe, dit Mary, c'est la région du cœur.

L'adjudant-chef réfléchissait :

— S'il est tombé sur le dos, dit-il, compte tenu du fait que les balles ne sont pas ressorties, il se peut que ses vêtements aient absorbé le peu de sang qui aurait coulé des blessures.

— Voilà comment je vois la chose, Merrien, dit Mary.

Quelqu'un en voulait à Toullec, et lui en voulait à mort. Il le guette pendant plusieurs soirées et, quand il juge le moment opportun, il passe à l'acte.

— Ça doit être un sacré tireur, dit l'adjudant-chef, car grouper ainsi trois balles dans un rayon de dix centimètres sur une cible mobile... Il faut le faire.

Il réfléchit sous le regard intéressé de Mary et ajouta :

— D'autant qu'après la première, Toullec a dû commencer à tomber...

— Ça voudrait dire quoi ? demanda Mary.

— Premièrement qu'il a dû tirer ses deux autres coups à toute vitesse, deuxièmement qu'il possédait un excellent fusil automatique...

— Donc, dit Mary, s'il a tiré avec un automatique, les douilles ont été éjectées.

— Ben oui, dit le gendarme.

— Donc, dit-elle encore, on devrait les retrouver !

— A moins qu'il ne les ait ramassées...

— Vous rigolez, Merrien ! comment voulez-vous qu'il les ramasse ? N'est-ce pas vous qui m'avez tout à l'heure parlé de l'aiguille dans la botte de foin ?

Elle montra du doigt l'arbre couché sur la pente, au milieu d'un fouillis de branchages :

— Elles sont là, les trois petites douilles ! Là quelque part dans les feuilles mortes. Et nous n'allons pas les chercher Merrien, mais vous allez tout de suite appeler vos hommes. Qu'ils viennent avec un détecteur de métaux, ils ne peuvent pas les manquer !

L'adjudant-chef examinait le terrain en faisant la moue.

— J'espère que vous avez raison, dit-il, mais c'est drôlement sale.

— Bah, dit Mary résolument optimiste, sur les trois ils en trouveront bien une, et celle-là Merrien, croyez-moi, on la fera parler.

Et comme l'adjudant-chef ne disait rien, elle s'exclama familièrement :

— Eh bien, on progresse, mon petit vieux, on progresse !

Le "petit vieux" la regardait, mi-figue mi-raisin. Encore heureux qu'elle ne l'eût pas traité de la sorte devant ses hommes !

Sans égards pour les états d'âme de l'adjudant-chef, Mary poursuivait avec enthousiasme :

— On sait maintenant d'où on a tiré, on a retrouvé la serviette du mort sur laquelle il y a peut-être les empreintes de l'assassin, on va retrouver les douilles…

— Peut-être, dit l'adjudant-chef prudent.

Mary balaya l'objection d'un revers de main :

— L'assassin guette François Toullec, sa victime. Quand il paraît, Pan ! Pan ! Pan ! Il tue. Il descend aussitôt de son affût, dissimule le corps derrière les fourrés et s'en va cacher la serviette dans le haut d'un arbre creux, un endroit où jamais personne n'ira fouiller. Manque de chance, en coinçant la serviette, elle s'entrouvre et un livre tombe. Manque de chance encore, une fillette en jouant le découvre. Troisième manque de chance, le père de la fillette est un petit futé doublé d'un honnête homme qui, au lieu de garder le bouquin comme l'aurait fait n'importe qui, le porte aux gendarmes…

Elle regarda soudain Merrien :

— Et vous auriez voulu que j'empoisonne la vie de ce brave homme ! Allez, venez, retournons voir un peu l'ancien des troupes coloniales, je serais bien étonnée si ce n'était pas un tireur d'élite !

oOo

Le garde n'était plus au château, l'hôtesse d'accueil pensait qu'il était rentré chez lui déjeuner. C'est en effet là que Mary et Merrien le retrouvèrent. Il pesait de ses deux coudes sur la toile cirée jaune posée sur une table de bois blanc et mastiquait lentement les yeux dans le vague.

Sa femme s'affairait autour d'un fait-tout au cul noir de fumée posé sur un réchaud à butane. La pièce sentait la cuisine, les fruits, les légumes, la sueur, une curieuse odeur composite que l'on rencontre souvent dans les salles communes des fermes.

Devant Robert Kéruz, il y avait une miche de pain entamée et, sur une assiette, une épaisse tranche de lard. Il tenait à la main un couteau de poche à manche de corne dont la lame, à force de passer sur la meule, s'était amincie de moitié.

Lorsque Merrien toqua au carreau, il ne fit pas un geste, se contentant de lever lentement les yeux vers la porte-fenêtre. Sa femme, en revanche, de surprise, faillit laisser tomber son frichti sur le carrelage. Elle parut secouée par une décharge électrique et, quand elle vit la silhouette du gendarme derrière ses carreaux, elle soupira longuement en portant sa main à son cœur, comme si le fait de reconnaître le représentant de l'ordre la rassurait.

Personne ne lui donnant la permission d'entrer, l'adjudant-chef poussa la porte d'autorité et, personne ne disant mot, ce fut encore Merrien qui dut parler le premier :

— Bon appétit, Kéruz !

Le garde, qui avait toujours sa casquette sur la tête eut un mouvement de tête suivi d'un grognement qui pouvait, à la rigueur, passer pour un remerciement.

— Je m'excuse de vous déranger Kéruz, mais je suis venu vous dire qu'on a retrouvé l'endroit où Toullec a été tué.

— Ah... dit le garde sans quitter son air morne.

— C'est sur le raccourci du château, près du banc... Vous voyez ça ?

Le garde hocha la tête en signe d'assentiment. Il tenait toujours son couteau dans sa main droite et dans l'autre main, une tranche de pain sur laquelle était posé un morceau de lard.

Devant lui, un demi-verre de vin rouge. Près de son coin cuisine, la vieille se tenait pétrifiée, épiant Mary d'un regard fuyant.

— Mes hommes vont arriver d'un moment à l'autre, dit encore Merrien. Ils vont rechercher les douilles.

A nouveau Kéruz hocha la tête mais cette fois Mary crut discerner un embryon de sourire sur ses lèvres minces, comme si le garde avait voulu se moquer, leur dire : "ils peuvent toujours chercher". Cependant, ce fut si fugace qu'elle se demanda si elle n'avait pas été le jouet de son imagination.

Et, comme Merrien la regardait, ne sachant plus que dire, elle demanda :

— Quelles armes possédez-vous, monsieur Kéruz ?
— Ici ? fit le garde.
— Ben oui ici. Vous en avez ailleurs ?

Kéruz haussa les épaules et dit d'une voix neutre :

— Un fusil de chasse et une carabine.
— On peut les voir ?
— Le garde se leva sans répondre, avec sur le visage l'expression de l'innocent qu'on persécute.

Il claudiqua jusqu'à une armoire, l'ouvrit et en sortit deux étuis. L'un en gros cuir contenait un fusil de chasse démonté. L'adjudant-chef sortit les canons qui luisaient, parfaitement huilés et les mira en les tournant vers la lumière et en fermant un œil.

— Comme des neufs, dit-il admiratif. Calibre 12, marque Robust, de la manufacture de Saint-Etienne.

Mary demanda :

— Où avez-vous acheté ce fusil ?

Le garde la toisait et maintenant, elle en était certaine, il y avait de l'ironie dans son regard :

— A la Manufacture de Saint-Etienne... Le 10 Juillet 1951.

— Mais, dit-elle interdite, vous étiez un enfant en 1951.

A nouveau il la fixait de tout son haut :

— J'avais seize ans, l'âge du premier permis... C'était le cadeau d'anniversaire de mon grand-père.

Et il ajouta d'une voix rauque :

— Il est mort en novembre de la même année, quand les premières bécasses sont arrivées.

Près de la cuisinière, Jeanne Kéruz avait repris du service. On entendait des bruits de casseroles et de broc sur l'évier. Merrien qui calculait hocha la tête avec admiration :

— Une arme qui a plus de quarante ans, c'est bien rare d'en voir en si bel état !

Le gendarme repoussa les doubles canons dans leur compartiment et Kéruz ayant repris l'étui, les ressortit et passa, avant de les y remettre, un chiffon huilé là où les doigts de l'adjudant s'étaient posés. C'était plus qu'un réflexe de maniaque du bon entretien, c'était un geste presque sensuel à l'endroit d'une arme qu'il aimait, d'une arme qui lui parlait, d'un objet témoin d'un temps heureux qui n'était plus.

— Il faut toujours avoir des armes en parfait état, dit-il de sa voix calme. Ça peut parfois vous sauver la vie...

L'autre étui était beaucoup plus long car il contenait une carabine qui, elle, ne se démontait pas.

— Calibre 22 à un coup, dit Merrien en la sortant de son étui en Skaï, marque Herstall.

— Ce n'est pas une automatique, dit Mary et la déception dut se sentir dans sa voix car cette fois Kéruz réussit presque à sourire.

Merrien faisait jouer la culasse qui s'ouvrait et se fermait avec un joli bruit de mécanique bien huilée.

— Pourquoi un fusil à un coup, Kéruz ?

— Moins cher, dit le garde.

— C'est la seule raison ?

Il souffla avec mépris comme Mary l'avait déjà entendu faire.

— La carabine me sert, dit-il, à tuer les pies et les corbeaux qui font des dommages aux plantations. Ce sont des oiseaux qu'on tire au posé. On a donc tout le temps de les ajuster. Quand on les rate, eh bien, ils s'envolent. Alors le second coup…

Il fit un geste de la main pour bien indiquer combien il était illusoire, dans ce cas, de vouloir rattraper son erreur.

— Vous avez un silencieux ? demanda Mary.

— Non.

— Pourquoi ?

— Parce que ça dérègle le tir.

Mary, surprise de cette réponse regarda Merrien, comme pour lui demander si le garde ne leur racontait pas d'histoires. Merrien, par une mimique interrogative lui fit passer le message : il n'en savait rien.

Jeanne Kéruz venait de déposer son fait-tout sur la table et Robert son mari, campé sur sa jambe de bois, tenant d'une main la carabine Herstall et de l'autre l'étui semblait demander aux deux policiers :

— Y a-t-il quelque chose d'autre pour votre service ?

Et ce fut Mary qui prit l'initiative de répondre par la négative à la question non formulée.

Et elle ajouta, après un silence :

— Merci monsieur Kéruz, merci madame. Et excusez-nous pour le dérangement.

Quittant le logement du garde, ils longèrent les écuries par l'allée couverte de petits pavés réguliers. Dans la cour intérieure le petit train déchargeait sa cargaison de touristes et sous le préau aménagé avec tables et bancs, une colonie de vacances pique-niquait dans un brouhaha de rires et de cris aigus.

Le lourd portail métallique s'ouvrit et le Trafic bleu de la gendarmerie descendit vers Mary et Merrien. L'adjudant-chef expliqua aux deux gendarmes ce qu'il attendait d'eux. Comme la camionnette ne pouvait emprunter le sentier, ils se garèrent près de chez le garde et, chargés du détecteur de métaux qu'ils appelaient une "poêle à frire" à cause de sa forme plate, ils se rendirent à pied près du banc où François Toullec était supposé avoir reçu ses trois pruneaux mortels.

VI

L'adjudant-chef Merrien avait retenu une chambre pour Mary au Relais des Bois qui, comme son nom ne l'indiquait pas, était situé en plein cœur de la petite ville.

Cependant, de la chambre qu'on lui attribua au dernier étage de l'établissement, elle découvrait toute la vallée de l'Aulne et, sur le contrefort de la colline, les arrières du manoir rouge.

De la sorte, il paraissait encore plus sinistre. Il était arc-bouté à la colline par des contreforts en ogive de grosse pierres grises et, derrière ces formidables voûtes, on devinait des portes bardées d'acier qui devaient défendre des culs de basse fosse insondables.

C'était là l'émanation d'une forteresse médiévale, d'une sorte de burg et il lui sembla qu'il sourdait de cette masse rouge posée comme un défi sur la campagne verdoyante, une odeur de maléfice venue d'un autre âge.

Troublée, elle abandonna la fenêtre et contempla sa chambre qui était toute neuve, toute propre. Une jeune femme de son âge l'avait accompagnée, vêtue de noir, la taille ceinte d'un petit tablier blanc.

— Souhaitez-vous déjeuner madame ?

Mary consulta sa montre : deux heures.

— C'est un peu tard non, dit elle.

— Pas si vous descendez tout de suite, dit la fille.

— Je préférerais, si c'est possible, que vous me montiez un sandwich au jambon avec une bouteille d'eau minérale, une pâtisserie et un café.

— Pas de problème, dit la fille et comme elle allait fermer la porte, Mary la rappela :

— Mademoiselle, voulez-vous demander où je pourrais me procurer une paire de jumelles ?

La jeune femme ne parut pas s'étonner de la demande de Mary, elle acquiesça en souriant.

Quelques instants après son départ, le téléphone sonna : c'était le patron de l'hôtel :

— Pardonnez-moi de vous déranger, mademoiselle Lester, mais les jumelles, vous voulez en acheter ou c'est juste pour admirer le point de vue ?

— Juste pour le point de vue.

— Bien, dit l'homme, dans ce cas, je peux vous proposer la lunette d'approche de mon fils, il s'en sert pour regarder les oiseaux et, pour le moment, il est en vacances en Angleterre.

— Ça sera parfait, dit Mary.

Et l'hôtelier ajouta :

— Je monte moi-même vous l'apporter.

Quelques instants plus tard, on frappait à la porte. C'était l'hôtelier, encombré d'une boîte volumineuse.

— Il vaut mieux que je vous l'installe, dit-il à Mary. C'est une longue vue très puissante, il faut qu'elle soit posée sur son pied.

Il disposa l'appareil devant la fenêtre ouverte et la régla.

— Regardez, dit-il à Mary, c'est extraordinaire. Mon fils a une passion, observer les oiseaux…

Mary, l'œil rivé sur l'oculaire, admira les berges du canal, la péniche "Saint-Christophe" sur le pont de laquelle un couple de touriste prenait l'apéritif en attendant l'heure de l'appareillage pour la prochaine écluse. Déplaçant un peu l'objectif, elle découvrit dans un champ une petite tente de camping près de laquelle deux charmantes naïades prenaient le soleil dans le plus simple appareil.

— Il a quel âge votre fils ? demanda-t-elle à son hôte.

— Quatorze ans !

Mary se prit à sourire. L'ornithologue en herbe ne tarderait pas, si ce n'était déjà fait, à abandonner l'examen des oiseaux à plume pour celui des oiselles à poil.

— C'est beau d'avoir des passions, dit-elle sans se compromettre. Je peux la garder quelques temps ?

— Tant qu'il vous plaira, dit l'hôtelier heureux de faire plaisir à si bon compte. Julien ne rentrera pas avant début septembre.

Sur ces entrefaites, la serveuse entra portant sur un plateau le repas sommaire commandé par Mary et sortit suivie par l'obligeant hôtelier. Mary ferma alors sa porte à clé et s'en fut braquer la lunette sur le manoir écarlate.

Bien qu'une large vallée séparât l'hôtel du château, l'excellente optique de la longue vue rapprochait les deux édifices d'une façon saisissante. Mary pouvait même distinguer des visiteurs accoudés à la balustrade de pierre près du bassin où avait été découvert le corps du malheureux Toullec.

Puis elle revint, pensive, à son frugal repas qu'elle avala en regardant le panorama de la vallée qui s'étendait sous ses yeux. Ensuite elle s'allongea sur son lit pour réfléchir aux événements de la matinée et… elle s'endormit.

Elle se réveilla en sursaut, regarda sa montre et vit qu'il était déjà 16 h 30. Elle se leva vivement, furieuse contre elle-même, se précipita à la salle de bain pour se passer de l'eau sur le visage et faire un brin de toilette, puis descendit en trombe l'escalier de faux marbre.

La petite Austin noire atteignit la gendarmerie en quelques minutes.

— L'adjudant-chef est là ?

Le gendarme de garde se leva précipitamment :

— Oui, il est dans son bureau avec le maire et la directrice du parc… Venez, il m'a demandé de vous introduire dès votre arrivée.

Et il sembla à Mary que cette arrivée était bien opportune.

L'adjudant-chef Merrien se leva brusquement tandis que ses interlocuteurs, qui étaient dos à la porte, se retournaient pour voir la nouvelle arrivante. Le maire - un petit quinquagénaire dodu - la salua cérémonieusement et la directrice du domaine, une jeune femme blonde lui tendit une main ferme.

— Voici, dit Merrien, l'inspecteur Mary Lester dont je vous ai parlé, qui a été détachée du commissariat de Quimper pour enquêter sur la mort de monsieur Toullec.

Et à Mary :

— Monsieur le Maire et madame Salmon, directrice du domaine, sont venus s'enquérir de l'avancement de l'enquête.

Et le petit dodu entreprit avec volubilité et force gestes d'expliquer à Mary combien il est fâcheux que l'on trouve ainsi des cadavres dans des bassins qui n'ont pas été prévus pour ça et ce en pleine saison touristique.

Le petit personnage en vibrait d'indignation.

Mary regarda calmement l'adjudant-chef et demanda :

— Vous avez découvert un autre macchabée ?

— Non, dit Merrien stupidement. Pourquoi me demandez-vous ça ?

— Parce que, dit Mary impavide, j'entends monsieur le maire parler "des" cadavres, d'où je déduis qu'il y en a peut-être eu un autre au cours de l'après-midi.

Le petit dodu se mit à bredouiller : c'était une façon de parler, bien entendu…

Mary se tourna vers lui :

— Alors parlons normalement, monsieur le maire, si vous le voulez bien. Quand vous dites "des" cadavres alors qu'il n'y en a qu'un - un de trop, je vous l'accorde - vous donnez corps à une rumeur. Et, dans une affaire comme celle-ci, pour l'enquête comme pour la réputation de votre région, la rumeur est ce qu'il y a de plus redoutable.

Elle parlait d'une voix calme, nette, en détachant ses

65

mots comme le fait en classe une institutrice désireuse de se faire comprendre de tous, même des élèves les plus rétifs.

Le petit dodu en resta coi mais son regard affolé allait de madame Salmon à l'adjudant-chef, cherchant on ne sait quelle aide. Visiblement, il n'avait pas l'habitude qu'on lui parle sur ce ton. Sans se troubler, Mary poursuivit :

— Le corps de monsieur Toullec a été découvert avant-hier, je suis arrivée ce matin et, avec l'adjudant-chef Merrien, nous avons déjà bien progressé. D'ici à ce soir, nous espérons découvrir des indices déterminants.

— Ah, dit le maire avec soulagement, lesquels ?

— A ce stade de l'enquête, il est prématuré d'en parler.

— Mais, s'énerva le maire, j'ai tout de même le droit de savoir…

— Bien entendu, monsieur le Maire, vous serez avisé de tous les faits nouveaux, cependant…

— Cependant…

— La discrétion est, en ces sortes d'affaires, notre meilleure alliée.

Le petit dodu se redressa, outragé.

— Sachez mademoiselle que je sais tenir un secret…

Mary lui sourit :

— Moi aussi, monsieur le Maire. C'est d'ailleurs pour ça que je ne vous dirai rien avant d'avoir découvert des faits irréfutables…

Elle regarda Merrien dans les yeux :

— …Et je conseillerai fortement à l'adjudant-chef Merrien de faire de même.

Le petit dodu paraissait avoir du mal à respirer. Il ouvrait la bouche et la fermait convulsivement, comme un poisson échoué sur un banc de sable. La belle blonde qui, jusqu'alors n'avait pas fait entendre le son de sa voix, s'exclama :

— Samedi prochain, dans deux jours, c'est l'ouverture du salon des écrivains bretons, j'espère qu'on ne va pas vivre sous la menace d'un nouveau crime.

— Je l'espère aussi, dit Mary, et nous ferons tout pour l'éviter, cependant, et vous le comprendrez aisément, nous ne pouvons rien garantir.

Elle fit quelques pas et le maire et la directrice surent que l'entretien était terminé. Merrien s'appuyait des deux poings sur son bureau mais, depuis qu'elle était entrée, c'était Mary qui avait pris la direction des opérations.

Elle serra la main au maire qui bredouilla encore son désir d'être informé, celle de la directrice en croisant son regard soucieux, et se retrouva seule avec Merrien qui la regardait avec une surprise mêlée d'admiration :

— Eh bien, vous alors !

— Moi quoi, dit Mary.

— Eh bien, vous ne le lui avez pas envoyé dire !

Il fit quelques pas en se croisant les bras et se campa devant Mary :

— Chapeau !

Il reprit sa marche de long en large :

— Il me bassinait depuis bientôt une demi-heure avec ses relations, ses responsabilités et bien sûr, l'inévitable "que fait donc la police ?".

— Mon cher Merrien, dit Mary, vous êtes mon aîné et je suis mal venue de vous donner des conseils. Cependant, retenez bien celui-ci : il ne faut jamais se laisser bassiner par personne. Et il convient, pour que les choses aillent comme il faut, que chacun reste à sa place : le maire dans sa mairie, la directrice dans son bureau directorial, les flics et les gendarmes sur le terrain. Comme disait ma grand-mère, chacun son métier et les vaches seront bien gardées.

— Facile à dire, grommela Merrien.

— Et facile à faire. Vous avez vu ? Il vous cassait les pieds depuis une demi-heure, m'avez-vous dit. Moi je vous l'ai expédié en trois minutes.

— C'est pour ça que je vous dis chapeau, fit Merrien.

Mais, méfiez-vous. Je crains fort qu'il n'ait pas apprécié vos manières. Il reviendra à la charge, tenace comme un morpion, il va téléphoner à la préfecture, à votre patron, au conseil général, bref, partout… Il peut vous nuire pour la suite de votre carrière.

A la stupéfaction de Merrien, Mary partit d'un rire homérique :

— Ma carrière ! Ah ! Ah ! Ah ! C'est la meilleure !

Puis reprenant son sérieux :

— Il y a deux façons de faire carrière dans la police, mon adjudant-chef : en cirant les pompes des politiciens - vous aurez compris que ce ne sera jamais la mienne - et en menant à bien les enquêtes qui vous sont confiées. C'est ma manière à moi.

— Ce n'est peut-être pas la plus facile, dit Merrien.

— Non, c'est la voie étroite comme dit le poète, mais c'est celle que j'ai choisie.

Et, changeant de sujet :

— Ils sont revenus vos gaziers avec leur poêle à frire ?

— Pas encore.

— Ils en mettent du temps !

— C'est que ce sont des scrupuleux ! Et il y avait pas mal de surface à fouiller.

A moins qu'ils ne fassent la sieste dans les sous-bois, pensa Mary, mais comme elle-même s'était laissée aller à dormir dans l'après-midi, elle garda pour elle sa réflexion.

— Et le rapport de balistique, vous l'avez eu ?

— Pas encore.

— Bon.

Elle réfléchit, consulta sa montre : dix-sept heures trente.

— Je vais aller jusque là-bas, dit-elle à Merrien.

Mais quand elle traversa le pont enjambant le canal, elle croisa le Trafic bleu qui remontait vers la gendarmerie. Elle fit donc demi-tour sur le parking du club nautique et suivit le fourgon des gendarmes.

— Alors ? demanda-t-elle dès qu'ils furent arrêtés.
Le chauffeur fit une moue explicite :
— Ouallou !
— Vous n'avez rien trouvé ?
La déception devait se lire sur son visage.
— Oh si, dit le gendarme en sortant un carton par la porte latérale, regardez, un coin qui a dû servir autrefois à fendre le bois, un couteau sans manche, et puis des douilles de chasse en veux-tu en voilà. Il devait y avoir un poste d'affût aux pigeons par là, autrefois.

Mary contemplait les trouvailles des flics avec accablement. Les douilles étaient des rondelles rongées par l'oxydation et le vert de gris, et il fallait bien de l'imagination pour voir un couteau dans cette tige de fer...

— Pas de douille de 22 ?
— Pas vu la couleur !
— Et on a pourtant couvert tout le coin ! dit le deuxième gendarme, bien plus loin que l'endroit où auraient pu sauter des douilles tirées par un automatique.
— Et merde ! dit Mary en claquant la porte du fourgon.

Elle rentra dans la gendarmerie, Merrien était déjà au courant, partageant sa déception :
— C'est quand même bizarre... dit-il.
Et Mary :
— Et s'il n'avait pas été tué par un fusil ?
— Que voulez-vous dire ?
— Nous nous sommes braqués sur un fusil automatique, mais il y a d'autres possibilités...
— Lesquelles ? demanda Merrien qui n'avait pas beaucoup d'imagination.
— Eh bien, par exemple un pistolet...
— Un pistolet...
— Oui, un pistolet à barillet.
— Vous voulez dire un revolver.
Elle s'impatienta :

— Si vous préférez !

Et Merrien ravi de lui river son clou :

— Un pistolet à plusieurs coups c'est un automatique, ça fonctionne comme un fusil en éjectant des douilles tandis qu'avec un revolver à barillet, les douilles restent dans le barillet.

— Bon, si vous voulez Merrien, un revolver… Le type se planque avec un revolver et là il peut tirer ses trois coups sans risquer de perdre ses douilles et de laisser des indices !

— Ouais, dit encore Merrien, on voit ça au cinéma ou dans les BD, mais ici, au château de Trévarez, je ne vois guère un Lucky Luke logeant ses trois balles dans le cœur d'un type à cinquante mètres.

— Peut-être qu'il n'était pas à cinquante mètres. Il a très bien pu s'avancer à la rencontre de sa victime et le tirer à trois mètres.

— Peut-être, dit l'adjudant-chef avec scepticisme.

— Vous n'y croyez pas, hein Merrien ?

— Non, inspecteur.

— Et pourquoi ?

— Je ne sais pas… Je vois mal un type s'avancer vers un autre, le regarder au fond des yeux et l'abattre froidement de trois balles dans le cœur. A moins qu'on ait affaire à un tueur professionnel…

— Que voulez-vous dire ?

— Notre tueur est un amateur. Pour une raison inconnue, il en veut à mort à François Toullec. Il s'avance vers lui et lui tire une balle dans le cœur, soit…

— S'il en tire une, pourquoi pas trois ?

— Parce que, sous le coup de l'émotion, son tir en aurait été déréglé et il n'aurait jamais pu grouper ainsi ses balles.

Ce fut au tour de Mary d'être ébranlée :

— Vous avez peut-être raison…

— Si ça s'était passé ainsi, reprit l'adjudant-chef, l'assassin ne se serait pas contenté de tirer trois balles. Un barillet en contient six. Sa victime à terre, il lui aurait vidé son arme dans le corps, n'importe comment, sous le coup de la fureur.

Mary hocha la tête, approuvant implicitement le raisonnement du gendarme.

— Maintenant, dit-elle, troisième hypothèse : Kéruz guette son ennemi avec sa belle carabine Herstall et lui loge une balle dans le cœur. Toullec s'écroule. Kéruz descend de son affût, ouvre son arme, ramasse sa douille, réarme le fusil et, à bout portant tire une seconde, puis une troisième balle dans la poitrine de sa victime.

Comme Merrien ne disait rien, elle ajouta triomphante :

— La victime a trois balles dans le cœur et les flics ne trouveront pas de douilles !

Et, devant la moue de l'adjudant-chef elle s'exclama :

— Ça ne vous convient pas non plus ?

— Non, dit Merrien.

— Et pourquoi ? C'est techniquement impossible ?

— Non... Vous venez de le démontrer.

— Alors ?

— Je ne vois pas Kéruz faire ça.

— Il ne tire pas assez bien ?

L'adjudant-chef haussa les épaules :

— Vous rigolez ? Il arrache la tête d'une pie à cent mètres...

— Vous pensez que, compte tenu de son infirmité il n'aurait pas pu transporter le corps ?

— Bah, dit l'adjudant-chef, jambe de bois ou pas jambe de bois, il en aurait bien pris un comme Toullec sous chaque bras... Vous avez vu comme il trace ? Avec nos deux pattes on a du mal à le suivre.

— Vous m'avez dit tout à l'heure que seul un tueur professionnel aurait eu assez de sang froid pour grouper trois balles de la sorte. Kéruz n'est-il pas une sorte de tueur professionnel ?

L'adjudant-chef se cabra :

— Ah non ! Kéruz est un soldat, un vrai. Quand j'ai parlé d'un tueur professionnel, je pensais à un de ces "gunmen" sans foi ni loi que l'on voit à la télé dans les séries américaines.

— Bon Dieu ! s'exclama Mary, il faut pourtant bien que quelqu'un les ait tirées, ces trois balles ! Ne me parlez pas de suicide, Merrien !

Le pauvre adjudant-chef regardait Mary, effaré. Avait-il jamais parlé de suicide ? Mais le phénomène expédié par le commissariat de Quimper ne se souciait pas de lui. Le phénomène soliloquait :

— Un type qui se suicide de deux balles dans la tête, ça passe à Marseille, mais trois balles dans le cœur en centre Bretagne, ça n'existe pas ! Il ne s'est pas fait ça tout seul, Toullec !

Et Merrien qui avait repris le cours de ses pensées :

— Que viendrait faire un "gunman" à Trévarez pour supprimer un petit prof d'histoire ?

Puis il regarda Mary et dit d'un air perplexe :

— Il n'y a plus qu'à attendre l'analyse balistique.

VII

Il était encore trop tôt pour regagner l'hôtel. Mary reprit sa voiture et descendit vers le canal. Elle s'arrêta en face de la terrasse d'un petit bistrot et marcha vers l'eau à pas lents. Assis sur des pliants, une demi-douzaine d'enfants plus un adulte trempaient leur fil dans l'eau. Derrière eux, une affiche : "Ecole de Pêche".

Un vieil homme coiffé d'une casquette surveillait la troupe, intervenant quand un bouchon s'enfonçait ou quand il fallait changer une amorce.

Elle s'arrêta, amusée, les observa un moment, puis poursuivit sa marche au long du chemin de halage. Il n'y avait pas une ride sur l'eau. En face, sur la berge herbue, les enfants d'une colonie de vacances finissaient d'amarrer leurs périssoires sur une grande remorque en braillant à qui mieux mieux.

Les ponts, car il y en avait deux, l'un en pierre, visiblement très ancien, tout couvert de lierre, réservé aux promeneurs à pied, l'autre en béton de facture moderne, qui supportait le trafic automobile, se perdaient dans un brouillard doré qui tombait sur l'eau où se miraient de grands peupliers déjà jaunissants.

Mary fut saisie par la sérénité du lieu. Le temps semblait s'être arrêté. Elle était arrivée à un endroit où une écluse barrait le plan d'eau. Dans le déversoir le canal s'écoulait - Niagara miniature - d'une hauteur d'un mètre cinquante et il flottait au dessus de ce bouillonnement une fine poussière d'eau. Tout au bout du sas avalant, sur une jetée de pierre, un pêcheur, aussi immobile qu'une statue, regardait flotter son bouchon sur ce miroir sans rides.

Les portes d'eau, massifs assemblages de bois épais noircis au goudron, restaient entrouvertes, en attente d'un hypothétique chaland et, dans le jardinet de la maison éclusière, une vieille dame cassée en deux cueillait des haricots verts qu'elle ramassait dans son tablier replié comme une poche. C'était un monde paisible où un peintre impressionniste eut pu trouver son inspiration. Invisible dans les frondaisons proches, deux pigeons roucoulaient.

Mary revint à pas lents vers sa voiture. Un soleil rouge se couchait derrière les arbres et les élèves de l'école de pêche pliaient leur matériel.

La terrasse du petit bistrot, dans les derniers rayons du soleil, offrait des fauteuils bien accueillants. Prise par la magie du canal, Mary s'y assit et commanda un thé.

Près d'elle, deux vieux bonshommes buvaient du vin rouge. Un troisième vint bientôt les rejoindre. C'était celui qui dispensait sa science à l'école de pêche. Il avait le visage buriné qu'on voit aux vieux Irlandais dans les reportages sur les pubs où la bière brune coule à flot et, pour mieux leur ressembler encore, il avait piqué sur sa casquette cirée par la crasse, toute une série de ces hameçons garnis de plumes qu'on appelle des mouches.

Il ne poussa pas le mimétisme jusqu'à commander une Guinness, mais s'en tint au vin rouge comme ses compagnons. Sur le quai, la circulation était inexistante. Un vélo sur lequel pédalait un autre vieux, tout semblable à ceux qui buvaient leur coup, passa en grinçant et il allait si lentement qu'il paraissait défier les lois de l'équilibre ; il eut ainsi le temps d'échanger quelques mots avec les consommateurs de la terrasse.

En remontant vers la route, il y avait, collées les unes aux autres, une demi-douzaine de vieilles maisons basses faites de pierres grises. Assises devant leur seuil sur des chaises sorties pour la circonstance, trois vieilles faisaient la causette paisiblement.

Car tout était paisible dans ce paysage. On avait l'impression que ce hameau blotti au bord de l'eau n'était habité que par de vieilles gens qui allaient avec la sage lenteur des eaux passant devant leur porte.

Un des vieux se retourna vers Mary et lui dit, comme en s'excusant :

— Ah, c'est bien calme ici le soir. Mais dans la journée ce n'est point pareil ! Quand il y a tous les jeunes qui font du canoë, c'est que ça remue !

Mary lui sourit :

— Je préfère quand c'est calme.

— Ben moi aussi, dit l'homme qui avait des mouches sur sa casquette. Toujours à gueuler comme des veaux ces maudits parisiens ! C'est que ça fait peur aux poissons !

Et il eut un geste vengeur du poing vers la berge où, tout à l'heure, Mary avait vu les petits gars de la colonie charger leurs kayaks sur la remorque.

Un large sourire fendit la face lunaire de l'homme qui avait adressé la parole à Mary découvrant des chicots jaunâtres.

— Le v'la bien le Lucien, toujours à gueuler après les gamins. C'est qu'il en faut des jeunes ! Quand il n'y aura plus que des vieux croûtons comme nous, ce sera bien triste !

— Et puis, dit Mary, il y a aussi des jeunes qui apprennent à pêcher !

— Y'en a peu ! fit le dénommé Lucien avec une moue.

— Tout de même, j'en ai vu tout à l'heure. Qu'est-ce que vous pêchiez ?

— Bah, de l'ablette, du gardon...

Devant l'air blasé du bonhomme, Mary demanda :

— Ce n'est pas bien ?

A nouveau il eut cette moue qui lui avançait tout le bas du visage, lui faisant une bouche de chimpanzé en retard d'affection.

— C'est de la pêche au coup !

— Ah… dit Mary décontenancée car elle ne savait pas ce qu'était la pêche au coup. Et ces plumes que vous avez sur votre casquette, c'est pour pêcher quoi ?

— Ah, ça, dit le vieux, le visage subitement allumé, ce sont des mouches…

Il scruta Mary de ses yeux bleus étonnamment clairs :

— Vous ne savez pas pêcher à la mouche.

Elle éclata de rire :

— Je ne sais pas pêcher du tout !

Le troisième compère se mêla à la conversation :

— Il n'y en a pas deux comme Lucien pour faire des mouches.

— Car vous les faites vous-même ? s'exclama Mary.

— Eh oui, dit le vieux fièrement, avec des plumes de coq…

Et il ajouta, comme pour augmenter son mérite :

— Et sans lunettes encore !

— Bigre ! s'extasia Mary. Et vous avez quel âge ?

— Quatre-vingt-deux !

— Mes compliments ! Et dites-moi, que faites-vous avec ces mouches ?

— On les attache au bout d'une gaule avec un fil très fin, une soie, et on l'actionne comme un fouet au bord de l'eau et là où on pense qu'il peut y avoir une truite ou un saumon, on la dépose délicatement à la surface…

Il mimait le mouvement avec des gestes déliés qui, partout ailleurs auraient paru ridicules, mais qui n'étaient pas déplacés dans ce bistrot.

— Ben dites donc, admira Mary, ça ne doit pas être facile !

— Oh, dit l'homme à la face lunaire, j'ai essayé pendant

un demi-siècle, j'ai seulement jamais réussi ! Mais Lucien lui, c'est un champion ! Il pose sa mouche juste là où il faut !

— Eh bien, monsieur Lucien, dit Mary, vous m'en direz tant, ça ne m'étonne plus qu'on vous ait nommé à l'école de pêche !

— C'est le garde en chef qui l'a nommé, dit le troisième homme.

Il pouffa :

— Il a dit comme ça que, pendant que Lucien s'occuperait des jeunes, il ne serait pas en train de braconner !

— Des menteries ! dit Lucien en se redressant, outragé. Jamais j'ai braconné moi, mademoiselle ! Ecoutez point ces deux salopiots !

Les deux salopiots, comme deux galopins, faillirent s'étouffer de rire. Lucien les toisa avec mépris et demanda à Mary :

— Et vous, mademoiselle, on voit bien que vous êtes de la ville, quoi donc que vous faites par chez nous ?

Elle répondit par une autre question :

— Que peut-on faire ici, monsieur Lucien, quand on n'apprend pas à pêcher ?

Le vieux, le front plissé risqua :

— Tourisme ?

— Gagné ! dit Mary.

Il montra la route qui, par delà le pont serpentait entre les hautes futaies :

— Le château rouge ?

— Oui !

A nouveau le vieux tordit son visage qui semblait aussi malléable que s'il avait été en chewing-gum en une moue de désapprobation :

— Mauvais !

Mary le regarda avec curiosité :

— Pourquoi dites-vous ça ? Il est magnifique ce château !

— Mauvais ! dit à nouveau le vieux.

Mary regarda les deux autres qui, leur fou rire fini, s'essuyaient le coin des yeux avec de grands mouchoirs à carreaux, spécimens que Mary croyait disparus des armoires depuis tantôt un demi-siècle :

— Pourquoi dit-il ça ?

Face-de-lune haussa les épaules :

— De vieilles histoires…

Et Mary :

— Vous faites allusion à ce malheureux qui a été retrouvé noyé dans le bassin ?

Lucien ricana sinistrement :

— Noyé ?

Il se leva brusquement en faisant tomber sa chaise :

— Noyé, avec trois balles dans la peau ! Ah, c'est bien les parigots !

Visiblement, pour lui tous ceux qui n'étaient pas de son canton étaient des parigots.

— Et la malédiction alors, ma petite dame, la malédiction ?

Et, en reculant vers la rue, il se mit à répéter comme une litanie, à voix basse :

— Le château rouge, la malédiction… Le château rouge, la malédiction… la malédiction…

Puis il s'en fut à grandes enjambées vers les maisons où papotaient toujours les trois femmes, en gesticulant. Il passa en trombe entre les commères, poussa la porte d'une des maisons et la claqua suffisamment fort pour qu'à cinquante mètres Mary put entendre les vitres vibrer.

— Qu'est-ce qui lui a pris ? demanda Mary, éberluée, aux deux autres.

Gênés, il finirent leurs verres et se levèrent en hâte :

— Il n'est point trop tôt, faut qu'on y aille !

Et face de lune se penchant vers elle :

— Faut pas faire attention. Le Lucien, c'est point le

mauvais bougre, mais quand on lui parle des histoires du vieux temps, des fois il déparle.

Et l'autre en écho :

— C'est ça, il déparle !

A leur tour ils se hâtèrent vers les petites maisons et Mary se retrouva seule à la terrasse dans le crépuscule, avec une bien curieuse impression. Elle appela la serveuse :

— Je vous dois ?

Et quand elle eut payé :

— Ils sont bizarres vos clients. Ils étaient là bien gentils, bien sympathiques, et voilà que tout à coup, à propos du manoir de Trévarez, le nommé Lucien entre à moitié en transes et se met à parler de château rouge et de malédiction. Ça veut dire quoi ?

— Bah, dit la fille avec une désinvolture qui sonnait faux, ce sont des histoires de vieux ! Ce pauvre Lucien, quand il a bu deux verres de rouge, il raconte n'importe quoi !

— Mais il avait l'air très sérieux !

— C'est ça qui est grave chez lui, dit la fille, il raconte n'importe quoi, et en plus il a l'air sérieux. Faut pas faire attention !

oOo

Mary avait regagné son hôtel. Allongée sur son lit, elle feuilletait l'opuscule que feu François Toullec avait consacré au château de Trévarez.

Il avait fait un historique très complet, remontant aux origines du domaine où de multiples générations de hobereaux bretons s'étaient succédées. Elle sauta rapidement les branches latérales et collatérales - quelqu'un de non initié s'y perdait sans coup férir - pour en arriver à la période qui l'intéressait, celle de la construction du château.

Elle apprit ainsi que le concepteur de cette étonnante

bâtisse appartenait à une dynastie d'architectes célèbre au début du siècle, dont les membres avaient signé la réalisation de nombreux châteaux à travers la France et jusqu'au Royaume-Uni et que, malade et incapable de se déplacer jusqu'à son chantier, il avait décidé depuis son cabinet parisien, de l'endroit où serait implanté le manoir.

Or, disait le bouquin, il avait choisi, sur la carte et sans se soucier de l'histoire du pays, cette colline qui était, depuis la nuit des temps, un rocher druidique que les autochtones considéraient comme sacré.

Et, lorsque les travaux de terrassement commencèrent, quand la pioche des ouvriers mit à nu le granit qu'avaient foulé les druides, ce fut pour les habitants un véritable traumatisme : en violant cette colline sauvage et pleine de mystère, James de Kerjégu commettait assurément un sacrilège et on s'attendit à ce que la malédiction s'abatte sur les profanateurs.

Dans le bourg comme dans les fermes les plus reculées, les vieux prédisaient que les esprits s'opposeraient à ce dessein et que les ouvriers et artisans qui prêteraient la main à cette œuvre impie ne verraient pas la fin de leur ouvrage.

Il eut fallu plus que ces préjugés pour arrêter James de Kerjégu dans son grand projet : ce château se ferait avec les gens du lieu s'ils le voulaient bien, sans eux s'ils ne le voulaient pas, et contre eux s'ils s'y opposaient ! On verrait bien qui serait le plus fort !

Le plus fort bien sûr, c'était lui. Dans ce pays pauvre où le plus riche fermier possédait quelques arpents de mauvaise terre, il avait acquis quelques deux mille hectares dans les Montagnes Noires et, de sa bourse, l'or coulait à flots.

Ainsi, bon gré mal gré, le château rouge s'édifia et ceux qui, en dépit de la malédiction, osèrent travailler pour le marquis s'en trouvèrent bien. Allié par son mariage à une richissime famille de banquiers, sa fortune semblait inépuisable. Ceux qui le servaient étaient bien payés et eurent bientôt dans le pays une position enviable

Le château terminé, il fit du vieux domaine de Trévarez une ferme expérimentale qui fut longtemps la référence du monde agricole en matière d'élevage.

En bref, James de Kerjégu apportait le modernisme et l'esprit d'entreprise dans une région de tradition qui avait su jusqu'alors se tenir à l'écart du monde.

Mary ferma le bouquin pensivement. C'était donc de cela qu'il s'agissait lorsque Lucien le pêcheur avait parlé de malédiction. Une histoire qui avait exacerbé les passions voici maintenant bien longtemps. Se pouvait-il que près d'un siècle plus tard on en trouve encore des séquelles ?

Elle se leva, la nuit était tombée. Devant la fenêtre, la longue vue était braquée sur les flancs de la colline druidique. Elle se pencha sur l'appareil. De prime abord, elle ne vit rien. Puis son regard s'accoutumant, elle crut discerner les tours du château et, mais n'était-ce pas une illusion, une faible lueur à une fenêtre. Puis cette lueur disparut.

Pensive, elle ferma la fenêtre et alluma un instant la télé qu'elle éteignit aussitôt, après avoir passé rapidement toutes les chaînes en revue.

Enfin, après un dernier regard dans la lorgnette où l'on ne voyait plus rien, elle finit par se coucher.

VIII

Quand elle arriva à la gendarmerie, le lendemain matin, elle trouva l'adjudant-chef dans tous ses états.

— Je vous attendais, dit-il avec une sorte de véhémence inexplicable.

Mary le regarda stupéfaite de l'accueil :

— Que se passe-t-il ?

Merrien brandit deux feuilles de papier reliées par une agrafe :

— Lisez !

Incapable de tenir en place, il se leva et se mit à arpenter son bureau en faisant grincer le parquet sous ses pas. Mary leva les yeux des feuillets qu'elle avait devant elle :

— Pour l'amour du ciel, Merrien, calmez-vous !

— Me calmer, dit le gendarme dans une sorte de bref ricanement, vous en avez de bonnes ! Trois balles différentes ! Ce satané Toullec a reçu trois balles différentes dans le corps ! Voilà qui simplifie le problème !

Mary leva les yeux :

— Non, il a reçu dans le corps trois balles sorties de trois armes différentes. Ce n'est pas pareil.

Et comme l'adjudant-chef la regardait avec ahurissement elle martela :

— Ne me regardez pas comme ça, Merrien, c'est bien ce que dit le rapport ! Les trois balles sont sorties du même paquet, elles sont du même fabricant, de la même marque, mais elles ont été tirées par trois armes différentes.

— Qu'est-ce que ça change ? demanda Merrien en se rasseyant.

— Peut-être pas grand chose, concéda Mary, mais c'est plus conforme à la vérité.

Et elle le regarda en souriant, ce qui ne fit que l'énerver davantage. Agacé par ce sourire, il tenta d'ironiser :

— Ça vous fait rire ? Eh bien tant mieux ! Au lieu de chercher un meurtrier, on va devoir en trouver trois. Voilà qui simplifie le problème !

— Qui sait ? dit Mary songeuse.

Le gendarme se leva de nouveau comme s'il y avait eu un ressort propulsif dans le fond de sa chaise :

— Non mais, qu'est-ce que vous vous imaginez ? Trois desperados postés au long du chemin pour guetter Toullec qui tirent en même temps en visant au cœur ?

— Ça expliquerait bien des choses, dit encore Mary. Qu'on n'ait pas trouvé de douilles par exemple. Et puis qu'on ait transporté si aisément la victime jusqu'au bassin.

Elle fit quelques pas dans le bureau :

— Ça expliquerait même tout, Merrien. Les trois desperados, comme vous dites, tuent Toullec pour une raison qui reste à déterminer. L'un d'eux ramasse les armes, le second porte la victime sur son dos tandis que le troisième ouvre le chemin pour le cas où il s'y trouverait quelqu'un. Ils l'installent sous la fontaine, pour une raison qui reste aussi à déterminer et rentrent paisiblement chez eux.

Mary avait énoncé ces hypothèses très calmement, mais au moment de la conclusion, elle s'excita soudain :

— Le crime parfait Merrien !

— Comment ?

Elle s'anima, se mit à parler avec fougue :

— Ils sont trois Merrien ! Tous les trois aussi coupables l'un que l'autre. Ils ont tué Toullec tous les trois !

Elle tapa du dos de la main sur le rapport balistique :

— C'est écrit là dedans : chaque balle était mortelle.

Donc ils sont tenus au secret les uns par rapport aux autres. Et mieux encore…

Merrien la regardait, il avait du mal à suivre :

— Quoi donc ?

— Ils peuvent se servir mutuellement d'alibi ! Elle fixa Merrien de ses yeux clairs et expliqua : Pierre, Paul et Jacques commettent un crime ensemble. La police arrête Pierre qui déclare : à l'heure du crime je me trouvais chez Jacques avec Paul. Nous avons joué aux cartes. Allez donc vérifier, les autres confirmeront, sous peine d'être eux aussi inculpés.

— Mais alors, dit Merrien avec du désespoir dans la voix, on ne s'en sortira jamais !

Et il reprit ses cent pas en se lamentant :

— Pas un crime depuis cinq ans, et puis me voici avec trois assassins dans la nature… Il faut que je prévienne le maire.

— Si vous pensez que ça peut faire avancer les choses, dit Mary sarcastique.

— Je ne sais si ça les fera avancer, dit Merrien en actionnant fébrilement son téléphone, mais en tous cas, moi je serais couvert !

— Alors… dit elle avec un geste fataliste.

Merrien bredouilla pendant quelques instants dans l'appareil puis il le reposa et dit à Mary :

— Il nous attend à la mairie.

oOo

Le petit dodu, comme l'avait surnommé Mary, n'était pas seul dans son bureau. La directrice du domaine de Trévarez s'y trouvait aussi. Elle était assise sur une chaise et regardait ses pieds, l'air ennuyé.

L'adjudant-chef Merrien ne paraissait pas très à l'aise, quant au maire, il était dans un état d'agitation extrême.

— Impensable ! fulmina-t-il, trois criminels ici, à Châteauneuf-du-Faou. Ça ne s'est jamais vu !

Et il foudroya Mary du regard, comme si elle était cause de cette calamité qui s'était abattue sur sa bonne ville.

— Ce n'est qu'une hypothèse, monsieur le maire, dit-elle lentement, calmement, intelligiblement.

Ce calme ne fut pas communicatif. Il parut avoir le don d'exaspérer un peu plus le maire qui se tourna vers elle, mauvais :

— Comment ça une hypothèse ?

— Les observations que nous avons faites laissent à penser qu'en effet, il pourrait y avoir trois criminels, cependant, rien ne le prouve formellement.

— Mais l'adjudant-chef Merrien m'a dit…

— Je sais ce qu'il vous a dit, coupa Mary d'une voix toujours calme et froide, puisque j'étais dans son bureau quand il vous a téléphoné. Il vous a dit que les trois balles avaient été tirées par trois armes différentes. A cet égard, pas de doutes, le rapport balistique est formel.

— Alors ? demanda le maire qui n'y comprenait plus rien. Son regard affolé allait de Mary à l'adjudant-chef.

Il bredouilla, pour dire quelque chose :

— C'est une histoire de fous !

— Peut-être, dit Mary, peut-être. En tout cas, c'est une histoire qui semble avoir ses sources dans une époque bien reculée, une histoire qui remonte à loin.

— Que voulez-vous dire ?

— Il semble que, lorsque ce château a été construit, la population se soit scindée en deux : non pas la gauche et la droite comme c'est le cas maintenant, mais ceux qui étaient contre la construction de cet édifice par le marquis de Kerjégu, et ceux qui ont accepté de travailler pour lui. Les premiers sont restés pauvres, les seconds ont vu leur situation s'améliorer rapidement, au point, me suis-je laissée dire, de faire des envieux… Est-ce vrai ?

Le maire la regardait, interdit :

— Il y a du vrai, bien sûr, dit-il embarrassé, mais que viennent faire ces vieilles histoires qui remontent maintenant à l'avant-guerre de 14 dans un crime commis quatre-vingts ans plus tard ?

— Les vieilles rancunes, les vieilles rancœurs sont parfois tenaces, monsieur le maire. Elles se transmettent de générations en générations...

Le maire eut un rire forcé :

— Une vendetta, à Châteauneuf-du-Faou !

Il regardait avec insistance l'adjudant-chef d'un air de dire : « Qu'est-ce que c'est que cette souris ? Ah, on est bien avancés avec ça ! ». Et l'adjudant-chef lui-même regardait Mary avec inquiétude. Mais qu'allait-elle donc chercher là ?

— Ce qui est grave, dit la directrice du château, qui jusque là n'avait pas ouvert la bouche, ce qui est grave c'est que demain nous avons l'inauguration du salon des écrivains et que des criminels rôdent dans la nature.

Et le maire, puisant dans les paroles de madame Salmon de nouvelles raisons de s'inquiéter, de surenchérir :

— Vous vous rendez compte ? cinquante écrivains vont se retrouver au château samedi. Que comptez-vous faire ?

Mary le regarda froidement :

— Ce que je compte faire, monsieur le maire ? Mais continuer mon enquête, tout simplement.

Il ricana :

— Tout simplement ! Vraiment, mademoiselle Lester, j'admire votre sang-froid, mais je ne sais pas... je ne sais pas...

— Vous ne savez pas quoi, monsieur le maire ? Vous ne savez pas si l'on a bien fait de confier l'enquête à une faible femme ?

Elle le regardait droit dans les yeux :

— Vous avez bien confié la direction de votre beau

domaine à une faible femme, madame Salmon ici présente, et il semble qu'elle ne s'en tire pas si mal...

— Ce n'est pas la même chose, bredouilla le maire en détournant son regard des yeux trop clairs de l'enquêtrice.

Mais Mary ne le lâcha pas. Elle entendait enfoncer le clou :

— Vous voulez donc dire qu'il y aurait des tâches faites pour les femmes, comme celle de directeur de musée par exemple, et d'autres qui seraient réservées aux hommes ? Vos électrices seraient certainement intéressées par ce point de vue !

— Mais je n'ai pas dit ça, balbutia le pauvre homme.

Madame Salmon regardait de nouveau ses souliers mais ce n'était pas pour y puiser un quelconque réconfort, c'était pour dissimuler un sourire. Mary enregistra ce sourire et repartit à l'assaut du maire :

— Ravie de vous l'entendre dire, fit-elle sarcastique. Pour ce qui est de vos cinquante illustres écrivains, vous n'avez pas grand chose à craindre. Ils ne sont pas originaires de cette région ?

— Vous voulez dire de Châteauneuf ?

— Précisément.

Ce fut la directrice qui répondit :

— Non, ils viennent de toute la France.

— Alors, vous êtes tranquille...

Et comme le maire la regardait avec défiance :

— Vous n'avez pas l'air de me croire...

Il secoua la tête, l'air malheureux, d'un air de dire : « Mais je ne sais plus que croire ! ».

— Cependant, si vous pensez qu'on va exterminer vos grands hommes les uns après les autres, demandez donc au préfet de vous expédier une compagnie de C.R.S. Vous serez tranquille, il n'y a pas de femmes chez les C.R.S.

— Croyez bien, mademoiselle Lester, dit le petit dodu qui maintenant avait l'air aussi malheureux qu'on peut l'être, que je n'ai rien contre vous personnellement...

— Bien heureuse de l'apprendre, dit Mary glaciale.

— Mais... mais... bredouillait le maire qui s'empêtrait dans des phrases qu'il aurait voulues ronflantes, nous sommes dans une petite ville et... et...

— Et dans les petites villes il n'y a pas de garde champêtre en jupons, c'est ça ?

Le maire haussa piteusement les épaules et Mary montrant son jean :

— Moi non plus je n'ai pas de jupons, mais si ça peut vous rassurer, sachez qu'il y a plusieurs grandes villes où le patron de la police est une femme.

Et après un temps de silence, elle asséna :

— Et, selon les statistiques, le taux de criminalité n'y est pas plus élevé qu'ailleurs.

A nouveau il y eut un temps de silence, et ce fut encore Mary qui reprit la parole mais plus calmement :

— Bien, ceci étant dit, une question pour madame Salmon : qui est-ce qui se promène dans le château la nuit ?

— La nuit ? répéta la directrice stupéfaite, mais personne !

— Vous en êtes sûre ?

— Certaine ! Mais, pourquoi cette question ?

Mary répondit par une autre question :

— Comment pouvez-vous être sûre que personne ne s'introduit dans le château la nuit ?

— Mais, dit la directrice sur la défensive, à vingt heures le garde ferme les portes...

— Et si quelqu'un se laisse enfermer ?

Elle eut un mouvement d'impuissance :

— Ça pourrait arriver, évidemment, comme ça arrive dans une église, ou dans un musée. Le bâtiment est immense et, comme il n'y a rien à voler dans les étages, on ne procède pas à une fouille systématique des locaux. D'ailleurs, le voudrait-on qu'on ne le pourrait pas, ça prendrait trop de temps.

— Je crois savoir, dit Mary, que les étages ne sont pas accessibles au public…

— Pas plus que les sous-sols, dit la directrice. Seul le rez-de-chaussée est ouvert aux visiteurs.

— J'aimerais bien voir ça de plus près dit Mary. Pourrez-vous m'y accompagner ?

— Quand il vous plaira, sauf demain.

— Pourquoi pas demain ?

— Parce que c'est l'inauguration du salon, la remise du prix. Tous les écrivains seront là, et aussi les personnalités politiques, députés, sénateurs, conseillers généraux.

— Bon, dit Mary, eh bien, disons dimanche.

— Dimanche, sans problème, dit la directrice. Mais, viendrez-vous à la remise du prix ?

— Et comment, dit Mary, je m'en voudrais de manquer ça !

IX

Dans les stands, les livres avaient, sous la grande verrière des écuries, remplacé les épices. Cependant, les odeurs de la précédente exposition subsistaient encore. Onze heures venaient de sonner et les discours n'en finissaient pas. Il y avait eu celui du maire, bien sûr, puis celui du représentant du conseil régional, du conseil général et maintenant celui du président des écrivains bretons, un spécialiste du "thriller" à la française.

La plupart des écrivains en présence semblaient bien se connaître et, à leur arrivée aux écuries, s'étaient salués avec chaleur, puis regroupés par affinités.

Il y avait là des jeunes, des vieux, des femmes et des hommes qui faisaient mine d'écouter avec attention des discours entendus cent fois ; et, comme un bon public qui a déjà vu la pièce, ils applaudissaient poliment, juste quand il fallait, juste ce qu'il fallait.

Enfin, vint le temps fort de la journée : la proclamation du lauréat du prix 1994. Le silence se fit quand le président des écrivains, et à ce titre, président du jury, reprit le micro.

C'est ce moment que choisit Leamond de La Rivière pour faire une entrée tonitruante. Il n'était pas besoin de présenter à Mary l'enfant terrible des lettres françaises, l'écrivain talentueux qui, au grand dam de ses nombreux admirateurs, délaissait parfois une œuvre digne d'entrer à la Pléiade au profit d'une éphémère médiatisation.

Tout le monde se souvenait de ses sorties tumultueuses

à la télévision, de ses démêlés avec ses confrères, de ses pamphlets saignants contre les politiques. Pour la circonstance, il était devenu sourd et se tenait à l'épaule d'un jeune homme tout vêtu du cuir fauve, les cheveux tirés en une petite natte derrière la tête et portant à l'oreille un minuscule anneau d'or.

Ce garçon semblait être promu au rang d'interprète auprès du grand homme. Quand quelqu'un parlait, Leamond de La Rivière courbait sa haute taille vers ce petit jeune homme qui articulait contre son oreille. Alors, mais alors seulement, il semblait comprendre.

Leamond de La Rivière n'avait pas lésiné sur les accessoires : il tenait à la main un cornet acoustique comme on n'en voit plus guère qu'aux vieilles comtesses dans les films d'avant-guerre, et une lourde canne sur laquelle il s'appuyait. Il marchait en traînant les pieds sur les pavés du sol, regardant haut devant lui comme s'il se concentrait pour entendre ce qui se disait.

Dès qu'il eût passé l'entrée, il accrocha - Mary qui était tout près de lui, eut pu jurer que c'était volontaire - une table chargée de livres, qui s'écroula avec fracas. Il se mit alors à jurer avec véhémence, usant d'un langage à faire rougir un charretier, puis réclama à grands cris une chaise que madame Salmon s'empressa de lui apporter. Son factotum l'ayant accompagné au premier rang de l'assemblée, le calme revint et le président put reprendre la proclamation des résultats.

— Nous nous réjouissons, dit-il, de l'arrivée parmi nous de notre ami Leamond de La Rivière qui honore de sa présence, chaque année, cette remise des prix.

Leamond de La Rivière s'était levé à ces paroles et, les deux mains levées et jointes comme un boxeur après sa victoire, il saluait l'assistance.

Quelques maigres applaudissements ayant salué sa prestation, il se rassit, satisfait.

— Le prix Trévarez a, cette année, été attribué à Abel Zeimer pour son excellent roman "les Ficelles du Diable".

A cette annonce, des applaudissements crépitèrent mais Leamond de La Rivière resta de marbre sur sa chaise, les mains jointes sur le pommeau de sa canne, et le menton appuyé sur cet édifice.

— Venez, mon cher Abel, dit le président.

Un petit homme émacié fendit la foule à ces paroles. Il portait haut un crâne chauve, luisant et blafard sur un visage auquel l'orgueil ne parvenait pas à donner des couleurs. Il serra longuement les mains du président et les applaudissements redoublèrent.

Le président leva la main pour réclamer le silence et, l'ayant obtenu, il dit :

— Nous avions, cette année, pris pour thème du grand prix de Trévarez, le légendaire et le fantastique. A cet égard, le remarquable livre de notre ami Abel Zeimer nous a comblés. C'est en effet un ouvrage qui traite de la celtitude, de ses coutumes, de ses croyances, de ses rites. Vous lirez "les Ficelles du Diable" avec autant de plaisir que les membres du jury et moi-même. Mon cher Abel, vous avez réalisé là une grande œuvre, un ouvrage qui marquera son temps et que, j'en suis sûr, les générations futures consulteront comme une référence obligée. Permettez-moi de vous remettre, au nom de ce jury éminent que j'ai l'honneur de présider, cette bourse qui contient trente écus d'or, montant de ce prix.

Le bonhomme prit la bourse avec émotion, la soupesa, puis la contempla telle une relique sacrée. On avait l'impression que ces trente écus exerçaient une véritable fascination sur lui et qu'il aurait pu rester les admirer toute la journée. Las, on lui tendait le micro. Il dut le prendre à regret, d'une main tremblante, tout en empochant son magot de l'autre.

— Mesdames, messieurs, mes chers amis, dit-il en postillonnant beaucoup...

— C'est parti pour une demi-heure, dit Leamond de La Rivière d'une voix forte en repoussant sa chaise. Venez Bertrand !

Le factotum accourut, l'écrivain se leva pesamment, posa la main sur l'épaule de son guide et, sans se soucier du malheureux lauréat que l'émotion faisait zozoter, il ordonna :

— Faites-moi faire le tour de ces stands.

Mary suivait cette scène attentivement, se disant que, dans la République des Lettres, on semblait avoir des mœurs curieuses.

L'heureux lauréat était maintenant questionné par les journalistes de la presse locale :

— Pourquoi ce titre ? demanda un jeune stagiaire timide.

— Parce que, dit Abel Zeimer avec emphase, en toutes choses, c'est le malin qui tire les ficelles. J'ai voulu le démontrer dans ce livre et c'est pourquoi je l'ai intitulé ainsi.

Son visage blême luisait sous le soleil qui descendait de la haute verrière et Mary, s'approchant, constata qu'il avait les yeux d'un noir profond, un noir extraordinaire, sinistre, qui ne recélait pas la moindre parcelle de tendresse.

Quelle gueule ! pensa-t-elle. Et quel regard ! Les moines de la Sainte Inquisition devaient avoir des yeux comme ça !

Le jeune journaliste, l'appareil photo en bandoulière, le bloc à la main, poursuivait passionnément son interview :

— Ça se passe à quelle époque ?

— C'est intemporel, dit pompeusement le lauréat, il s'agit d'esprit, monsieur.

Le journaliste en herbe notait en tirant la langue.

— Et dans quel pays ?

— En pays celte, bien entendu, sur notre vieille terre bretonne où la tradition druidique a perduré. Ça pourrait être ici même, sur ces noires montagnes qui furent de hauts lieux de culte pour nos ancêtres.

Le jeune homme notait éperdument et, pendant ce temps, Leamond de La Rivière, toujours appuyé sur son homme de confiance faisait le tour des stands des différents éditeurs, en se faisant lire les titres et les noms des auteurs sur lesquels il donnait, en parlant très fort, des détails, vrais ou faux, généralement peu flatteurs.

Abel Zeimer lui, s'était assis à une table sur laquelle était posé un bandeau portant son nom et se soumettait avec délectation au doux supplice de la dédicace.

Mary, toujours en retrait, assistait au spectacle avec curiosité. Elle remarqua que l'adjudant-chef Merrien se tenait à proximité de la table d'Abel Zeimer, l'œil en éveil, comme s'il redoutait quelque chose.

Leamond de La Rivière, ayant fait le tour de la salle, se retrouva devant l'heureux détenteur du prix. Il fit celui qui ne l'avait pas reconnu :

— Qui est là ? demanda-t-il à son guide.

— Abel Zeimer, maître, répondit celui-ci avec déférence.

— Cette vieille baderne d'Abel Zeimer, s'exclama La Rivière en abaissant ses yeux sur le petit homme.

Zeimer se tenait sur la défensive, l'avant-bras prêt à se lever comme un gosse qui s'attend à recevoir une taloche.

— Fripouille, hurla la Rivière, il a fallu qu'il vienne ici pour décrocher un prix. Ça n'a honte de rien, des gens comme ça !

Et d'un geste soudain que rien ne laissait présager, il abattit sa canne sur la table où le malheureux Abel Zeimer dédicaçait ses ouvrages.

Sans un recul subit de tout le corps, le pauvre Zeimer eut reçu la lourde canne sur les doigts. Mais son stylo resté sur la table explosa sous l'impact, projetant de l'encre sur la pile de bouquins et jusque sur la chemise du lauréat. Sous l'outrage et malgré la peur qu'il avait ressenti, le petit homme s'était levé et se dressait sur ses talons, comme un coquelet de combat avant l'assaut.

— Mais c'est ce cinglé de La Rivière, s'exclama-t-il à son tour d'une voix de fausset. Ça ne s'arrange, pas mon pauvre ami !

Une jeune hôtesse s'empressait, essayant, avec un mouchoir de papier, d'éponger l'encre sur la chemise de Abel Zeimer. Il la repoussa, noble et grandiloquent :

— Laissez, jeune fille, l'encre est le sang des poètes et aujourd'hui mon sang a coulé.

— Un poète ! s'esclaffa La Rivière, la baderne se prend pour un poète ! Vous ne savez même pas, Monsieur, ce que veut dire ce mot !

Abel Zeimer ne l'écoutait plus, il poursuivait avec emphase, comme s'il eut joué la tragédie sur la scène de la Comédie Française :

— Je veux porter cette chemise tachée comme un étendard, l'étendard du talent, l'étendard de la culture en butte aux persécutions de la démence et de la jalousie des médiocres.

Et il jeta un coup d'œil circulaire, regrettant que la télé ne fût pas là pour enregistrer ce grand moment. Voyant un touriste qui y allait de son caméscope, il fut un peu rassuré.

— Médiocre, ricana Leamond de La Rivière, il a dit médiocre ! Là au moins, il sait de quoi il parle. Chaque jour que Dieu fait, il voit le prince des médiocres et des besogneux dans sa glace !

Il continuait de brandir sa canne de façon menaçante :

— Enlevez-lui donc cette canne, dit Abel Zeimer exaspéré, il va bien finir par éborgner quelqu'un.

Merrien s'avança et saisit la canne :

— Permettez, mon cher maître.

— Qui est-ce ? s'exclama de La Rivière.

— Un gendarme, maître, dit le factotum.

A ces mots, l'écrivain voulut se rebeller, mais Merrien tenait fermement la canne et la lui enleva en douceur.

— Je vous la rendrai quand vous serez dehors.

Voyant son ennemi désarmé, Abel Zeimer vint le narguer jusque sous le nez :

— Tu crânes moins sans ta canne, espèce de cinglé !

De La Rivière le dominait d'une tête, et l'autre, belliqueux comme un roquet, le provoquait maintenant. Il n'eut pas le temps de voir venir la châtaigne. Elle le cueillit à la pointe du menton et l'envoya valdinguer parmi ses livres tandis qu'au passage sa bourse pleine d'or s'ouvrait répandant son précieux chargement sur les pavés.

De La Rivière ricana :

— Voilà les trente deniers répandus sur les pavés de l'écurie d'Augias. Quel symbole !

Merrien avait promptement ceinturé Leamond de La Rivière tandis que des admiratrices indignées aidaient Abel Zeimer à se relever. Quand il fut debout, une lueur de démence brillait dans ses yeux noirs, tandis qu'une goutte de sang perlait au coin de ses lèvres.

Il voulut se précipiter sur l'écrivain toujours ceinturé par Merrien qui cherchait à le calmer, mais on s'interposa et, La Rivière sorti manu militari, on lâcha le poète qui put épousseter le fond de son pantalon. Madame Salmon s'était précipitée, rouge de confusion, et présentait des excuses à l'écrivain, s'enquérant de ses blessures.

— Ce n'est rien, dit Abel Zeimer en palpant sa mâchoire, il m'a eu par surprise et, si on m'avait laissé, j'aurai cassé sa sale gueule !

Mary se demandait bien comment il aurait fait avec ses soixante-dix ans, sa dégaine de garçonnet monté en graine et ses bras maigrelets. Enfin il se rassit et, ayant retrouvé son souffle et un stylo, reprit ses dédicaces, une lueur de meurtre dans le regard.

Le perturbateur expulsé, Merrien revint dans le hall d'exposition et se dirigea vers Mary :

— Il n'a rien ? demanda-t-il en montrant Abel Zeimer du menton.

— Une grosse blessure d'amour propre... hors ça, il paraît intact.

Et comme la directrice s'approchait :

— Dites donc, on ne s'ennuie pas chez vous !

Madame Salmon eut un sourire contraint :

— Oh, ces deux là il faut toujours qu'ils se chamaillent !

— Ça va plus loin que de la chamaillerie, dit Mary. Vous avez vu ce direct ? Seigneur Jésus, c'est ce qui s'appelle cogner comme un sourd !

— Sourd, grommela Merrien, je souhaiterais à bien des sourds d'entendre aussi bien que celui là ! Il se fout de notre gueule, oui ! Et en plus, c'est qu'il faut le ménager. Dès qu'on le touche il crie au meurtre, à la répression policière liberticide... Je ne sais s'il est aussi sourd qu'il veut bien le dire, mais en tout cas, il a l'oreille des médias, il faut s'en méfier comme de la peste.

La directrice hocha la tête en soupirant pour approuver ce que l'adjudant-chef venait de dire, puis elle prit le micro et invita l'honorable assemblée à rejoindre la péniche "Saint-Christophe" sur les bords du canal où un apéritif, suivi d'une collation, serait servi.

Les groupes d'écrivains se dirigèrent à pas lents vers la cour pour la photo de famille et, quand les journalistes présents eurent grillé leur content de pellicule, chacun regagna sa voiture pour descendre vers le canal.

C'était une magnifique journée d'été et il tardait à chacun de se trouver sur l'eau, avec une boisson fraîche à la main.

Mary se sentit prendre par le coude. C'était madame Salmon :

— Bien entendu mademoiselle Lester, vous êtes invitée.

— C'est très aimable à vous dit Mary.

Elle fixa la jeune femme en souriant :

— Pas trop tendue ?

La directrice secoua la tête :

— Ça va.

Abel Zeimer s'approchait, une pile de bouquins sous le bras :

— Dites-moi, il vient sur la péniche, l'autre cinglé ?

— Oui, monsieur Zeimer.

— Dans ce cas-là, regimba le petit homme, ce sera sans moi !

— Abel, dit la directrice d'une voix câline en le prenant par le bras, vous ne pouvez pas nous faire ça ! Vous êtes le héros de la fête…

Le héros de la fête hésitait à se laisser convaincre. Alors madame Salmon eut une phrase décisive :

— Ce serait laisser le champ libre à ce sauvage. Il irait dire partout que vous avez eu peur de lui !

— Peur de ce minable, moi, ricana Abel Zeimer la bouche de travers, en bombant son torse de nain, non mais… Allons-y donc, à votre péniche !

Il sortit sur les pas de la directrice et Mary les suivit accompagnée par Merrien.

— Ça va être une sacrée croisière, dit-elle. Vous en êtes, Merrien ?

— Faut bien, soupira l'adjudant-chef, sinon qui va séparer ces deux fadas ?

X

La péniche Saint-Christophe était un de ces chalands à moteur qui avaient pendant de longues années sillonné le canal de Nantes à Brest, transportant au fil du courant de lourdes marchandises. Moyen de transport sûr et économique, le siècle de la vitesse l'avait condamné à mort. Les camions puants et hurlants avaient détrôné les chalands paisibles.

La longue barge d'acier avait été reconvertie dans la promenade fluviale et elle emmenait maintenant les passagers qui souhaitaient visiter le canal.

Son quai d'accostage était situé près de la route et, du haut du pont de béton, on pouvait l'apercevoir posée sur l'eau calme. Les vastes cales avaient été aménagées en salle de restaurant, avec un bar dans le fond et de larges baies vitrées permettaient au voyageur, tout en mangeant, de voir défiler le paysage. Les murs étaient lambrissés de sapin verni, le plancher était lui-même composé de larges lattes de ce même bois si bien qu'on avait l'impression d'être dans un chalet.

La plupart des écrivains étaient déjà arrivés et, en attendant le moment d'embarquer, ils avaient pris place au bord de l'eau à l'ombre des grands arbres et s'étaient assis sur des chaises de terrasse où ils commentaient avec indignation ou humour l'incident de la remise des prix.

Mené par son guide, de La Rivière était déjà monté à bord, et il se tenait seul tout à l'avant de la péniche, près d'un gros treuil noir. Son homme à tout faire lui avait transporté là un fauteuil de plastique blanc emprunté à une petite terrasse disposée sur le toit de la cabine.

Malgré la chaleur, l'écrivain était enveloppé dans son imperméable mastic et, compte tenu du ciel bleu, il était certainement le seul passager à s'être pourvu d'une telle pièce vestimentaire.

Une chaîne interdisait aux passagers l'accès de cet endroit du navire, mais Leamond de La Rivière devait penser que ce qui était défendu au commun des mortels ne le concernait assurément pas.

Acagnardé dans son fauteuil, il tournait le dos au reste du bateau comme s'il boudait ou qu'il trouvait les membres de l'assemblée de trop petite étoffe pour être honorés de sa conversation.

Peut-être jugeait-il aussi que cette position était symbolique de l'image novatrice qu'il aimait donner au peuple : celle d'un visionnaire faisant face à l'avenir et aux défis du siècle et loin derrière, le reste du monde, les petits… les nains…

En retrait des chaînes, assis sur un banc de bois, son disciple se tenait comme un chien fidèle, prêt à bondir au moindre geste du maître.

Le patron du chaland vint faire remarquer au maire que l'écrivain occupait une place où, normalement il ne devait y avoir personne ; le maire, au courant de l'algarade qui venait d'avoir lieu avec Abel Zeimer demanda :

— Y a-t-il risque d'accident ?

Le patron haussa les épaules :

— Non. C'est la commission de sécurité qui a exigé qu'il en soit ainsi. Tout ce qu'il risque, s'il fait le zouave, c'est de tomber à l'eau.

— Eh bien, dit le maire, si ce malheur arrive, on le repêchera. Tremper un peu dans l'eau fraîche ne pourra lui faire que du bien. Car soyez certain qu'il fera le zouave, comme vous dites.

A nouveau le patron haussa les épaules. Après tout, si le maire était d'accord…

Les écrivains commençaient d'embarquer sur la passerelle de bois verni. Le moteur de la péniche tournait et on sentait ses vibrations sous le pied. Dans les cabines, des tables avaient été dressées et un maître d'hôtel en veste blanche se tenait derrière un buffet joliment présenté, prêt à servir les affamés.

Mary, trouvant qu'il faisait trop chaud à l'intérieur des cabines, était restée sur le pont. A l'avant, la Rivière n'avait pas bougé. Mary le voyait de dos et son homme de confiance se tenait toujours à trois pas derrière lui. Abel Zeimer s'était installé dans la cabine du milieu, dans l'entrepont, et faisait table commune avec le président et les membres du jury. Visiblement, le whisky descendait sec et l'animation allait crescendo.

Les vibrations augmentèrent en même temps qu'un grondement sourd se faisait entendre. Les amarres tombèrent à l'eau, prestement remontées par un jeune matelot, et, lentement, le Saint Christophe s'éloigna de la rive.

Le chaland passa d'abord sous le pont de béton, puis sous le vieux pont de pierre et ce fut pour Mary l'occasion d'apprendre, par la bouche d'un érudit local qui donnait des explications, que c'était là le pont dit "du roi" qui avait, au début du XVIIe siècle, remplacé "le gué du hêtre", jadis le seul point de passage entre les deux rives.

Maintenant les berges défilaient lentement. Mary aperçut le petit café où, la veille, elle avait pris le thé en parlant avec le "professeur" de pêche. La terrasse était déserte et l'école "halieutique" comme elle venait de l'entendre appeler pompeusement par le maire, n'avait pour le moment aucun client.

Le chemin de halage allait interminablement, bordé de grands peupliers. En ce début d'août il paraissait curieux que cet endroit idyllique fût ainsi délaissé par les hordes de touristes qui s'entassaient au bord de la mer. Curieux instinct grégaire...

Elle sentit une présence derrière elle et se retourna. C'était l'adjudant-chef Merrien qui remontait de l'entrepont. Il avait ôté son képi et s'épongeait le front :

— Ce qu'il fait chaud là dedans !

— Il y a de l'ambiance, en tout cas, dit Mary.

Par les fenêtres grandes ouvertes montait un brouhaha de conversations et une légère fumée bleutée.

— Ça boit sec et ça bouffe et ça fume, je ne vous dis que ça, fit Merrien. Ouf, on est mieux dehors !

Et, montrant la proue du navire où la Rivière se murait dans un splendide isolement :

— Il ne bouge toujours pas ?

— Non, dit Mary, il est comme ça depuis que nous sommes partis.

— J'aime autant ça, dit l'adjudant-chef. Avec un énergumène de ce calibre, on peut à chaque instant s'attendre à tout.

Un jeune homme en veste blanche se dirigea vers l'avant, une serviette sur le bras. Il fut arrêté par Bertrand, l'homme lige de Leamond de la Rivière qui lui dit quelques mots, puis il revint. Madame Salmon qui l'avait envoyé l'intercepta et lui parla quelques instants, puis elle haussa les épaules. Apercevant Mary et l'adjudant-chef accoudés à la lisse, elle vint à eux :

— Vous ne manquez de rien ?

— Merci, dit Mary, tout à l'heure je descendrai manger un morceau, mais pour le moment, je trouve qu'on est mieux dehors. Dites-moi, qu'est-ce qui lui arrive au grand homme ?

A nouveau la directrice haussa les épaules :

— J'ai envoyé le garçon lui demander ce qu'il voulait boire, mais l'homme de confiance l'a arrêté en lui disant : « On ne dérange pas le maître quand il médite ».

Elle sourit avec malice :

— Alors, ne le dérangeons pas !

La péniche était maintenant devant la maison où, la veille, Mary avait vu la vieille femme cueillir des haricots verts. Aujourd'hui elle n'était pas dans son jardin, mais un mince filet de fumée sortait de la cheminée. Sans doute préparait-elle son repas.

Le pêcheur était toujours au bout de la jetée, là où Mary l'avait vu, immobile, comme s'il avait passé la nuit dans cette position.

Le patron de la péniche sortit de sa cabine et dit d'une voix forte :

— Parés à la manœuvre, nous allons écluser.

On était arrivé à cet endroit où il y avait une marche dans le lit du canal. Des cordes garnies de bouées barraient le cours d'eau invitant les bateaux à passer par l'écluse dont les portes massives étaient ouvertes. Le chaland s'inséra dans le sas avec une précision extraordinaire et soudain les passagers eurent l'impression d'être au fond d'un puits.

Ceux qui n'étaient pas habitués montèrent sur le pont pour assister à la manœuvre, les autres continuèrent à faire bombance dans l'entrepont.

Le jeune assistant du marinier sauta à terre, amarra la péniche aux bittes prévues à cet effet et se mit à tourner les manivelles commandant la porte. Lentement les lourds vantaux se refermèrent. Alors le garçon fit la manœuvre inverse pour les portes opposées qui étaient fermées et, quand elles s'ouvrirent, le courant pénétra dans le sas et la péniche s'éleva doucement de deux mètres. Les amarres larguées, le bateau reprit sa course paisible.

Parfois, sur les chemins de halage, passaient des cyclistes qui faisaient à la péniche un geste de la main. Merrien était allé au ravitaillement et il avait rapporté à Mary une assiette avec un assortiment de charcuteries, du pain et, comme elle l'avait demandé, un grand verre d'eau. L'adjudant-chef était au même menu, mais il avait remplacé l'eau par un verre de vin rouge. Ils avaient trouvé à s'asseoir sur le toit de la cabine. De là-haut on n'entendait plus le bruit des moteurs et c'était un réel enchantement que de voir les champs et les bois défiler sans bruit, sans cahots.

Une poésie d'Emile Verhaeren, apprise à l'école primaire, revint en mémoire à l'inspecteur Lester :

« *Le batelier promène*
Sa maison naine, par les canaux.
Elle joyeuse et nette et lisse
Et glisse tranquillement sur le chemin des eaux… »

L'adjudant chef la regardait en souriant :

— A quoi pensez-vous ?

Elle lui rendit son sourire :

— Vous ne devinerez jamais !

— A notre tueur ?

— Grands dieux, non ! A madame de Sévigné.

— A madame de Sévigné !

Il éclata de rire :

— Décidément, avec vous aussi on peut s'attendre à tout !

Il rit de nouveau et demanda :

— Pourquoi madame de Sévigné ?

— Parce que cette bonne dame disait que le coche d'eau est la meilleure façon de voyager. Aujourd'hui je ne suis pas loin de penser comme elle.

Une nouvelle fois, Merrien rit franchement et Mary trouva que, lorsqu'il riait ainsi, on lui donnait dix ans de moins :

— A condition de ne pas être pressé.

— Mais rien ne nous presse, Merrien.

— C'est vrai, dit l'adjudant-chef retrouvant son sérieux, sauf que nous avons quelques assassins dans la nature, plus deux caractériels à surveiller.

— A propos de caractériel, dit Mary en se retournant, il ne bouge toujours pas ?

— Aussi immobile que la femme de Loth elle-même, dit Merrien pour montrer qu'il avait de la culture. Mais à trois reprises il s'est fait porter de la vodka par son homme de confiance.

— Eh bien, dit Mary, trois vodkas avec ce soleil qui tape... Il va roupiller au moins jusqu'à notre retour.

— J'y compte bien, dit l'adjudant-chef qui ajouta en s'épongeant de nouveau le front : je ne sais pas comment il tient, avec son imperméable...

— Bof, dit Mary insouciante, c'est son affaire... Profitons de ce calme, Merrien, quand il sera temps, nos problèmes sauront bien se rappeler à notre bon souvenir.

Le bateau était parvenu à une nouvelle écluse mais cette fois il fit demi-tour. De l'entrepont montaient des bribes de discussions animées et, de la cabine arrière, une chanson de marins reprise en cœur.

La manœuvre pour repasser l'écluse fut faite dans l'autre sens. Le pêcheur était toujours à son poste et la vieille dame aux cheveux blancs, le sécateur à la main, cueillait des fleurs.

— Dites-moi Merrien, demanda Mary, ce type qui pêche, c'est un vrai ou il est empaillé ?

— Pourquoi me demandez-vous ça ?

— Parce que je me suis promenée sur le chemin de halage hier soir et il était exactement comme ça. Voici une heure il ne semblait pas avoir bougé de toute la nuit et je suis persuadée que si je repasse au crépuscule, je le retrouverai dans la même position.

— Bien possible, dit l'adjudant-chef. Ce type est un ancien gendarme qui a pris sa retraite voici une dizaine d'années. Il a acheté cette baraque, une ancienne maison éclusière. Il rêvait de calme et de pêche, sa femme d'avoir un jardin. Ils sont servis.

Mary hocha la tête, pour le calme en effet, on pouvait difficilement faire mieux.

— Il y a beaucoup d'écluses ? demanda-t-elle.

— Deux cent trente-six, mademoiselle…

C'était l'érudit local qui intervenait.

— Deux cent trente-six pour trois cent soixante kilomètres de canal entre Nantes et Brest. Et, bien entendu, autant de maisons éclusières. Deux cent trente-six maisons éclusières exactement construites sur le même plan…

Et fier de montrer qu'il connaissait bien sa leçon :

—… Elles mesurent neuf mètres cinquante sur six et sont édifiées sur un terre-plein de treize mètre cinquante sur dix, élevé de cinquante-cinq centimètres au-dessus du couronnement de l'écluse. La porte d'entrée fait deux mètres dix sur un mètre et seize centimètres d'épaisseur, la cheminée en briques cinquante-trois centimètres de profondeur, le plancher trente millimètres d'épaisseur. Quant aux écluses, elles sont également toutes du même type.

Elle admira :

— Mazette, quelle érudition ! Vous êtes un véritable puits de science Monsieur !

Flatté, l'érudit salua ostensiblement et Mary demanda :

— On peut donc toujours aller par bateau de Brest à Nantes et de Nantes à Brest ?

— Non, une partie du canal entre Rohan et Pontivy n'est plus entretenue…

— Et maintenant les maisons éclusières sont vendues à des particuliers.

— Oui, mais un regain d'intérêt se manifeste pour le tourisme fluvial et des associations ont formé le projet de rendre le canal navigable sur toute sa longueur.

— Quel isolement tout de même pour ces éclusiers, dit Mary. Bien sûr, c'est charmant en été, mais en hiver ça ne doit pas être drôle !

— Bah, l'isolement était moindre que celui d'une ferme perdue dans la campagne. N'oubliez pas qu'à l'époque le canal était une sorte d'autoroute où passaient des péniches. Les mariniers étaient autant de visiteurs. Ils apportaient avec eux les nouvelles des villes traversées, se chargeaient au besoin d'une commission pour des parents ou des amis résidant quelques écluses plus loin. Au passage ils achetaient des œufs, du lait, quelques légumes. Les éclusiers étaient enviés, ils disposaient d'une maison confortable, d'un jardin et touchaient un salaire. Ils ont pu, pour la plupart, pousser leurs enfants aux études et leur donner de bonnes situations.

Les ponts étaient en vue, le marinier donna deux coups de sirène pour annoncer son arrivée. Nombre d'écrivains étaient montés prendre l'air et se tenaient appuyés au bastingage.

La Rivière boudait toujours et, quand le bateau eut accosté et se fut vidé de ses passagers, il resta avachi sur son siège. Son factotum s'approcha de lui avec précautions, par peur probablement de se faire rabrouer, il se pencha et poussa un hurlement déchirant.

Mary, qui était déjà descendue, accourut, escalada la passerelle et s'arrêta interdite devant La Rivière gisant inanimé sur son siège. Son imperméable s'était ouvert et, sur la chemise blanche, se détachaient trois points noirs bordés de rouge.

XI

— Il vit encore, s'était exclamé l'infirmier du SAMU avec un hochement de tête surpris, puis l'ambulance avait démarré à toute vitesse en direction de l'hôpital de Brest.

Quant à Mary, elle avait réintégré sa petite Austin et filait au long du chemin de halage, laissant derrière elle un nuage de poussière. Derrière, la 4 L des gendarmes suivait.

Mary freina en catastrophe devant la petite maison où la vieille éberluée, son sécateur à la main, semblait se demander ce qui lui valait une pareille incursion. Le pêcheur, lui-même, tourna la tête, et Mary vit qu'il était bien vivant.

— Vous n'avez rien entendu ?

La vieille dame s'approchait de la petite voiture noire.

— Comment ?

— Je vous demande si vous avez entendu des coups de feu.

— Où ça qu'il y a le feu ?

Mary, que Merrien venait de rejoindre, hocha la tête avec découragement :

— Ça doit être le jour, encore une sourdingue !

Elle se retourna vers l'adjudant-chef :

— D'après vous, Merrien, d'où a-t-on pu flinguer La Rivière ?

— De n'importe où, dit-il.

Et il montrait de la main les berges boisées d'un côté, et de l'autre les champs immenses plantés de hautes tiges de maïs.

— Il y a là mille endroits où se mettre à l'affût. Un bateau qui s'avance sans la moindre oscillation avec sa cible aussi visible qu'une figure de proue, c'est un cadeau pour un tueur. Et ensuite, il peut prendre la poudre d'escampette par où il veut.

Mary scrutait le paysage, se rendant compte de la pertinence des remarques de l'adjudant-chef.

— Ici, fit-elle pensivement, il vivait encore.

— Oui, dit Merrien, il a bu sa troisième vodka en passant devant cette maison, et ensuite il a jeté son verre vide dans l'eau.

— On a donc tiré entre ici et le pont.

— Vraisemblablement, mais ça ne nous avance guère.

— Non…

Et, après réflexion elle se retourna vers le gendarme :

— Que fait-on, Merrien ?

— Je pense qu'il serait bon de retourner au château pour interroger…

— Interroger qui ? Vous et moi, nous étions ses plus proches voisins et nous nous sommes aperçus de rien.

— Et, dit Merrien, comme il était tourné vers l'avant du bateau, c'est nécessairement de la berge qu'on l'a tiré.

— Je n'ai rien entendu, dit Mary comme en se parlant à elle-même. Vous non plus, Merrien ?

— Rien, dit l'adjudant-chef soucieux. Pourtant, trois détonations ça devrait s'entendre…

Ayant fait demi-tour, ils revinrent vers Trévarez.

oOo

Les écrivains déambulaient tristement dans la grande salle de l'écurie où les visiteurs n'avaient jamais été si nombreux. Certains parlaient de plier bagage et madame Salmon allait de l'un à l'autre pour essayer de calmer et de rassurer.

Le maire quant à lui était au désespoir.

— Quelle publicité, gémissait-il. Avions-nous besoin de ça ? Leamond de La Rivière assassiné dans ma ville !

— Il n'est pas encore mort, dit Mary que ces jérémiades inutiles agaçaient.

Stoppé net dans ses doléances, le petit dodu se retourna vers elle :

— Ah, vous...

Mary le regarda sans aménité :

— Quoi moi ?

A nouveau le maire s'embarrassa dans sa phrase, comme si le regard de l'inspecteur le privait d'une partie de ses facultés.

— Vous... Vous... Euh... inspecteur Lester, il paraît que vous étiez la plus proche voisine de...

— Non, dit Mary, entre lui et nous, il y avait le nommé Bertrand, son interprète.

— Soit, dit le maire agacé de l'interruption, mais vous étiez là, avec l'adjudant-chef Merrien...

— Et nous n'avons rien fait, dit Mary glaciale. Exact, monsieur le maire. Et savez-vous pourquoi nous n'avons rien fait ?

— Eh bien... Eh bien... parvint à bredouiller le maire en fixant la jeune femme.

Les éclats de voix avaient attiré un petit groupe de curieux autour d'eux.

— Nous n'avons rien fait, articula-t-elle, parce que, dans le cas présent, ce n'est pas un inspecteur de police, ni un gendarme, ni même un escadron de C.R.S. qui pourrait faire quelque chose.

— Alors... glapit le maire exaspéré - et sa voix avait monté de deux octaves sous le coup de cette exaspération -, que pouvons-nous faire ?

— Distribuez des gilets pare-balles ! dit Mary qui sentait elle aussi, mais pour d'autres raisons, croître son agacement.

— Des gilets pare-balles, hoqueta le maire, des gilets pare-balles… Ah, vous en avez de bonnes ! Ce n'est pas la guerre tout de même !

Il allait et venait, faisait trois pas sur les petits pavés des anciennes écuries, puis revenait vers Mary.

— Et à qui faudrait-il les distribuer ces gilets pare-balles ?

— A vous pour commencer ! Qui vous dit que vous n'êtes pas la prochaine victime ?

— Moi, balbutia le pauvre homme effaré, pourquoi moi ? Je n'ai rien fait !

— Qu'en savez-vous ? demanda Mary perfide. Et Toullec, et La Rivière, ils avaient fait quelque chose eux ?

Cette fois, se dit Merrien, la petite va trop loin. Le maire n'est pas un mauvais bougre, certes, mais se faire traiter ainsi devant tout le monde… Ça m'étonnerait qu'elle fasse long feu à Trévarez, l'enquêtrice de charme !

Il est vrai qu'à la suite de la sortie véhémente et provocatrice de Mary, l'atmosphère s'était tendue et on ne voyait pas bien comment elle allait pouvoir se dénouer. Un silence s'était fait et ce fut la directrice qui le rompit :

— Monsieur le maire…

Les rangs s'ouvrirent pour laisser passer madame Salmon.

— Oui ? fit le maire sur la défensive.

— Pouvez-vous venir un instant ?

Puis se tournant vers Merrien et Mary, elle leur fit signe de les suivre.

— Qu'est-ce qui se passe encore ? demanda-t-il accablé.

— Venez, dit la directrice. Il y avait de l'urgence dans sa voix.

Au passage elle entraîna le président des écrivains, le président du Conseil Général, le conseiller régional et les mena au pas de charge vers le bloc de bâtiments réservé à l'administration du domaine, où elle avait son bureau.

Sur le pas de la porte de l'écurie, les badauds intrigués regardèrent entrer le cortège dans la salle d'accueil. La porte fermée, madame Salmon se retourna vers les six personnes qui la regardaient avec une attention inquiète.

— Madame Salmon, glapit le maire, nous direz-vous enfin…

On sentait que la directrice prenait sur elle pour garder son calme.

— Je viens de téléphoner à l'hôpital de Brest, dit-elle.
— Et alors ?

Il s'en fallait de peu que le maire ne trépignât sur place comme un enfant à qui on refuse un jouet. Le conseiller régional ne pût s'empêcher de le reprendre :

— Voyons, Jean-Claude !

Le maire lui jeta un regard furieux puis se retourna vers la directrice :

— Il est mort ?
— Je ne sais pas, je ne sais plus, balbutia la jeune femme. J'ai eu le service des urgences qui m'a dit textuellement : « On est le sept août madame, pas le premier avril. » Et, comme je m'étonnais de cette réflexion, mon interlocuteur a ajouté qu'il y avait autre chose à faire dans un C.H.U. qu'à discuter avec des plaisantins. Il avait l'air très fâché. « Je ne comprends pas », lui ai-je dit et il m'a répondu : « Ah, vous ne comprenez pas, eh bien, regardez donc les actualités régionales ce soir, et vous allez comprendre ! ».

— Passez-moi le téléphone, dit le conseiller régional avec humeur, vous allez voir si on va me répondre de la sorte à moi !

Et comme il s'emparait de l'appareil, on entendit la petite voix de Mary :

— Il va être dix-neuf heures trente, peut-être vaudrait-il mieux regarder les actualités régionales ?

Le conseiller reposa le combiné sur sa fourche et dit en la regardant :

— Pas bête !

Et à la directrice :

— Vous avez la télévision ici ?

Madame Salmon montra un petit escalier laqué en blanc qui montait à l'étage :

— Dans mon bureau.

Tout le monde se précipita à l'étage et la directrice alluma le poste. La publicité se terminait.

— Il était temps, dit-elle.

Le présentateur arborait une mine grave :

— Nous apprenions, voici trois quarts d'heure, que l'écrivain Leamond de La Rivière venait d'être victime d'un attentat criminel, attentat qui avait été perpétré à Trévarez lors du salon littéraire annuel. Notre correspondant précisait que l'illustre écrivain vivait encore et qu'il avait été dirigé de toute urgence sur le C.H.U. de Brest. Aussitôt nous avons envoyé une équipe sur les lieux. Mais je ne vous en dis pas plus, brut de montage, voici le film qu'ils nous ont rapporté.

Apparut alors à l'écran une ambulance se rapprochant à toute vitesse. Elle stoppa devant le bloc des urgences et aussitôt une douzaine de journalistes et de photographes se précipitèrent. L'arrière du véhicule s'ouvrit, le brancard fut sorti en toute hâte et dirigé vers le sas d'entrée.

Et alors... Et alors on vit la silhouette étendue sous un drap blanc se soulever et La Rivière, tel Lazare sortant du tombeau s'asseoir sur le brancard les jambes pendantes. Les infirmiers, de saisissement, s'étaient arrêtés. C'était bien la première fois qu'ils voyaient un type avec trois balles dans la région du cœur en aussi bonne santé.

Et on l'entendit distinctement, tendant son coude où était enfoncée l'aiguille d'une perfusion, dire :

— Enlevez-moi ça en vitesse !

L'infirmier s'empressa et l'illustre écrivain rabaissa soigneusement sa manche de chemise et tira sur ses manchettes. Tout autour de lui, les flashes crépitaient, ce qui semblait le combler. Il s'inquiéta auprès de l'infirmier qui lui avait ôté son aiguille :

— La télé est bien là ?

Et comme l'autre balbutiait : « Oui, FR 3 », il maugréa : « Seulement la télé régionale ? » puis, levant les mains, il dit d'une voix forte :

— Je veux tout d'abord rassurer mes lectrices et lecteurs, je ne suis pas mort ! J'ai, par cette comédie, voulu dénoncer les magouilles qui président aux remises de prix littéraires. On pouvait penser que ces mœurs, typiquement parisiennes, auraient épargné notre belle province. Il n'en est rien ! Le prix de Trévarez a été attribué à Abel Zeimer, ce type qui se prend pour un poète parce que, il y a quelques temps, il a trouvé deux mots qui rimaient ensemble…

Le maire ne tenait plus en place, il fulminait :

— Le salaud ! Ah, le salaud ! Ah, mais ça ne se passera pas comme ça !

Merrien était blême, la directrice tenait son poing fermé devant sa bouche et les deux hommes politiques se regardaient, perplexes, tandis que le président des écrivains secouait la tête avec accablement. Avec La Rivière on pouvait s'attendre à tout, surtout au pire.

Quant à Mary, elle sentait monter en elle un de ces irrépressibles fou rires, quelque chose de géant, quelque chose qu'elle n'avait pas connu depuis l'enterrement d'une vieille tante, quand le goupillon d'eau bénite trop vigoureusement manipulé par une bigote s'était cassé en deux et avait explosé avec fracas sur les dalles de l'église.

Et tandis que les invectives montaient, elle se mit à glousser, puis à rire, à rire tant qu'elle en pleurait. Devant elle, le maire furieux gesticulait :

— Et ça… et ça… et ça vous fait rire.

Il en bégayait et prenait les autres à témoin :

— Mais… mais… regardez, ça la fait rire !

Ce disant il était si comique qu'elle en riait de plus belle, au point qu'elle avait du mal à trouver son souffle. Merrien la regardait sévèrement mais avec inquiétude, comme on regarde quelqu'un qu'on aime bien saisi d'une crise de démence.

Elle parvint à hoqueter :

— Excusez-moi, c'est nerveux !

— C'est nerveux ! trépignait le maire, c'est nerveux !

Et s'adressant au président du Conseil Général :

— Fière idée vraiment, que vous avez eu au conseil de nous adresser cette... cette...

En voyant sa mine piteuse, le fou rire de Mary repartit de plus belle et, si elle n'avait pas été occupée à éponger les larmes qui lui venaient aux paupières, elle aurait pu voir un sourire naître aux lèvres du président du Conseil Général. Mais comme il arborait une superbe barbe poivre et sel, personne ne se rendit compte de ce subit accès de bonne humeur.

A l'écran, La Rivière pérorait toujours. Ayant retrouvé son souffle, Mary un peu honteuse de s'être laissée aller de la sorte, demanda à madame Salmon où étaient les toilettes et la jeune directrice la mena jusqu'au bloc sanitaire. Là, elle put se passer de l'eau sur le visage et se bassiner les yeux qui étaient tout rouges.

— Ma pauvre fille, dit-elle en se regardant dans la glace, tu as tout du lapin russe !

Par moments, telles des houles, des bouffées de rire remontaient encore, la secouant comme des spasmes. Enfin quand elle eut retrouvé son calme, elle revint dans le bureau de madame Salmon. Lorsqu'elle entra, tout le monde parlait en même temps, mais son arrivée cloua soudain les bouches ; le maire lui jeta un regard furibond et ce regard de fureur impuissante faillit faire renaître son fou rire.

— En tout cas, dit-il hargneux, il y a bien quelqu'un ici pour trouver matière à se divertir d'un fait aussi scandaleux !

La télé avait été éteinte et le Conseiller Régional fumait en regardant distraitement par la fenêtre, comme s'il allait trouver dans la cour l'inspiration sur la conduite à tenir en pareille circonstance.

La directrice était effondrée dans son siège, derrière son bureau encombré de papiers et de dossiers mal classés, le président du Conseil Général avait trouvé un fauteuil assez large pour le contenir tout entier et il semblait réfléchir en examinant attentivement ses doigts. L'adjudant-chef Merrien dit quelques mots à voix basse au président des écrivains bretons qui acquiesça en hochant la tête.

Le maire, à qui le silence semblait insupportable, le rompit :

— Tout ceci ne nous dit pas ce que nous allons faire…

Il dansait d'une jambe sur l'autre et Mary fut sur le point de lui demander si, pour lui aussi, c'était nerveux, cette manière de se tortiller. Mais c'eut été faire montre de trop d'insolence.

Enfin, comme personne ne suggérait quoi que ce soit, elle laissa tomber d'une voix calme :

— Si vous m'en croyez, vous ne ferez rien !

— Ah le beau conseil, glapit le maire, bien sûr, mademoiselle Lester ne trouve jamais rien à faire ! Elle enquête, paraît-il, et ça aboutit à quoi ? A rien ! On voit bien que vous êtes fonctionnaire…

— Et alors, dit-elle en le toisant, vous avez quelque chose contre les fonctionnaires ? Hier c'était contre les femmes… Peut-être auriez-vous mieux aimé qu'on vous envoie un détective privé ?

Il tapa du pied, furieux :

— J'en ai assez de vos insolences ! Nous sommes des élus…

Il montrait de la main le conseiller régional qui fumait toujours et le président du Conseil Général qui se tenait immobile, le regard fixe.

— …Nous avons des responsabilités !

Il avait, en prononçant le mot, détaché les syllabes pour mieux se faire comprendre.

— Voudriez-vous dire que madame Salmon, l'adjudant-chef Merrien et moi-même n'en avons pas ? Voulez-vous dire que nous ne les assumons pas ?

Elle le regardait durement et sous ce regard, le maire se radoucit soudain :

— Je ne voulais pas dire ça…

— J'aime à vous l'entendre dire, fit-elle glaciale. En attendant, vous pouvez toujours porter plainte pour outrage à agent de la force publique dans l'exercice de ses fonctions.

Le maire ricana :

— Si vous croyez que j'avais besoin de votre suggestion…

— Ainsi, dit-elle, vous entrerez dans son jeu !

— Parce que vous appelez ça un jeu ? dit le maire indigné. Au moins pourra-t-on lui faire payer la note du SAMU.

Et, se tournant vers Mary, il lui jeta :

— Savez-vous combien coûte une intervention du SAMU ?

— Pas au centime près, dit-elle, mais je me doute que ça ne doit pas être pour rien.

— En effet, ce n'est pas pour rien…

— N'importe quel tribunal le condamnera, c'est sûr… c'était le président des écrivains qui intervenait d'une voix lasse… mais dites-vous bien qu'il n'attend que ça. Que serait la misérable amende qu'on pourrait lui infliger, en regard de la publicité qu'il se sera faite à bon compte ?

— La prison… risqua le maire.

Le président des écrivains eut un petit rire douloureux :

— Pour lors, il serait comblé !

— Il peut donc tout se permettre, dit le maire.

Il y avait de l'amertume dans sa voix et il semblait scandalisé par cette injustice.

Le président des écrivains leva les épaules avec un

sourire contraint, d'un air de dire : « Qu'y pouvons-nous ? ».

— Si vous voulez mon avis, dit Mary tandis que le maire la regardait d'un air soupçonneux, s'attendant au pire, La Rivière vient de vous rendre un signalé service.

— Vous osez… dit le maire à l'agonie.

Il la regardait avec horreur, comme si elle avait proféré une monstruosité. Elle négligea l'interruption.

— Considérons les choses froidement, messieurs, et vous aussi madame, votre manifestation littéraire est une charmante assemblée de gens fort intéressants, mais elle reste malgré tout relativement discrète.

— Que voulez-vous dire ? demanda le maire, tandis que le président du Conseil Général regardait Mary d'un œil intéressé.

— Je veux dire, fit-elle, que hors votre canton on n'en parle guère.

— Pardon, dit la directrice piquée au vif, à chaque fois nous avons eu FR 3.

— Ouais, dit Mary, quinze secondes sur la télé régionale… Cette fois, et grâce à Leamond de la Rivière, vous allez avoir droit à dix minutes sur toutes les chaînes à vingt heures sur le réseau national. Demain tous les journaux, toutes les radios vont relayer l'information. Jamais depuis qu'il existe, on n'aura tant parlé de ce château et de son salon littéraire.

— Il n'empêche, bredouillait le maire, il n'empêche que…

Mary sentait que le petit dodu commençait vraiment à lui courir sur le haricot. Elle lui porta l'estocade :

— N'empêche que vous auriez préféré qu'il soit mort !

Elle eut l'impression qu'il venait de recevoir une décharge électrique :

— Je n'ai jamais dit ça ! s'exclama-t-il en regardant les autres comme pour les prendre à témoin.

— Alors, soyez heureux : il vit, il vous a fait une publicité du tonnerre de Dieu et je suis prête à parier que demain et dans les jours qui suivent, le salon de Trévarez va connaître une fréquentation que même dans vos rêves les plus fous, vous n'auriez jamais osé espérer.

— Je suis assez de l'avis de l'inspecteur Lester, laissa tomber le président du Conseil Général qui, jusqu'alors n'avait dit mot.

C'était un colosse avec une belle tête de patriarche antique et une voix de basse noble dont il savait jouer à bon escient. Le maire le regardait éperdu, d'un air de dire « Tu quoque filii ! », ressentant ce ralliement de son ami politique aux thèses de l'inspecteur Lester comme une trahison.

Et, tandis que le colosse s'arrachait à son fauteuil en prenant appui sur les accoudoirs, il questionna presque timidement :

— Vous croyez ?

— Soyons pragmatiques, dit-il. L'inspecteur Lester a raison. Si je reste réservé sur le procédé, qui n'est pas du meilleur goût, nous en sommes tous d'accord, il est vrai que cet événement, ou plutôt ce non-événement, va faire au salon une publicité fantastique. Toute la France va rigoler car La Rivière fait toujours rire. Si nous portons plainte, nous allons nous ridiculiser. Je vous le redis, mon cher Jean-Claude, tout le monde va rire de cette affaire, alors, soyons du côté des rieurs. C'est toujours le bon parti !

— Mais, monsieur le président, dit la directrice, pour la suite du programme ?

— Rien de changé, chère amie. Continuez comme si de rien n'était, avec ou sans la Rivière. Qu'avez-vous prévu ce soir ?

— Les écrivains sont invités à un repas au château…

— Eh bien, bon appétit messieurs, pour ma part, il est temps que je rentre.

Quand ils furent redescendus dans la cour, il prit familièrement Mary par le coude et l'attira à part :

— Jeune fille, ce n'est pas bien...

Et, comme il la sentait prête à se cabrer, il ajouta :

— Vous avez bien failli me faire mourir de rire. Savez-vous qu'il n'y a rien de plus contagieux qu'un fou rire ?

— Excusez-moi, monsieur le président, dit-elle, je n'ai vraiment pas pu me retenir. Voir tout ensemble le cadavre se redresser et la tête que faisait le maire... Non, rien n'aurait pu m'empêcher d'éclater.

— A votre âge j'en aurais fait tout autant, dit-il avec indulgence. Mais vingt-cinq ans de vie parlementaire sont la meilleure école pour apprendre à masquer ses sentiments. A part ça, où en êtes-vous de votre enquête ?

— Difficile, dit-elle. Il y a peu d'indices et, pour tout vous dire, cette affaire en milieu rural me déroute un peu.

— Vous vous y ferez, inspecteur, dit le président en lui tapotant l'épaule. Je suis sûr que vous allez y arriver.

Il lui fit un petit signe de la main en s'éloignant dans le crépuscule pour rejoindre sa voiture. Elle aussi aurait aimé avoir cette certitude.

XII

Mary, déclinant l'invitation de madame Salmon, était rentrée à son hôtel. Elle se sentait lasse de sa journée, de toutes ces émotions, de son duel verbal avec le maire et de cette hostilité qu'il lui manifestait à tout instant.

A nouveau elle s'était fait monter des sandwiches et une bouteille d'eau, puis elle avait pris un bain et maintenant, en tenue de nuit, le baladeur sur les oreilles, elle écoutait la suite des concertos pour piano de Mozart, totalement décontractée.

L'adjudant-chef Merrien assistait au repas, ainsi, s'il s'y passait quelque chose, elle en serait informée immédiatement.

La sonnerie du téléphone la fit tressaillir. Elle regarda sa montre : dix heures et quart. Qui pouvait bien l'appeler à cette heure ? Merrien ? pour lui annoncer un nouveau cadavre ?

Elle posa son casque et décrocha :

— Allô, Lester ?

Elle soupira, c'était son patron, le commissaire Lebret qui venait aux nouvelles. Pardi, il avait dû prendre les actualités et voir la séquence de Leamond de la Rivière soulevant son suaire.

— Vous faites des miracles maintenant, paraît-il ?

Elle répondit par une autre question :

— Vous avez vu ?

— Et comment qu'on a vu ! Vu et revu ! Pour une fois

que les journalistes ont quelque chose d'autre à se mettre sous la dent que le Rwanda, le FIS et les Serbo-Croates, ils n'ont pas loupé l'occasion ! Près de dix minutes sur chaque chaîne, vous parlez d'une pub ! Où en êtes-vous de votre enquête ?

— Pas bien loin !

— Ça se passe comment avec les gendarmes ?

— Très correctement. L'adjudant-chef Merrien est sympathique, et, après une petite mise au point nécessaire, il collabore parfaitement. Je n'en dirai pas autant du maire...

— Des difficultés de ce côté ?

— Pas vraiment, mais des réticences, des reproches...

— De quel ordre ?

— D'abord, je suis une femme...

— Ben oui...

— Et une femme qui lui tient tête et qui le remet en place quand il dit des conneries. Et Dieu sait qu'il n'en est pas avare...

— N'allez pas trop loin quand même, Lester, dit le commissaire soucieux, dès qu'on a les politiques sur les bras dans une affaire, ça complique tout et ça peut même être dangereux.

— Je tâcherai de me méfier, patron, mais je crois que le président du Conseil Général m'a à la bonne.

— Et pour cause, dit Lebret, c'est lui personnellement qui a requis votre présence.

— Il y a quand même quelque chose qui me trouble, patron, Toullec a reçu trois balles de vingt deux *long rifle* dans la région du cœur. Or ces trois balles ont été tirées par trois armes différentes.

— Comment ? Vous êtes sûre ?

— Le rapport de la balistique est formel. Ce sont trois balles de la même marque, mais il n'y a pas deux striures semblables !

— Ça voudrait dire...

— Qu'il y a trois meurtriers. J'ai la certitude d'avoir retrouvé l'endroit où Toullec a été flingué, mais on a passé le site au peigne fin et on n'a pas retrouvé les douilles.

Il y eut un silence sur la ligne et Mary ajouta :

— Ce qui veut dire que s'ils sont trois, ils peuvent se servir mutuellement d'alibi…

— Je vois, dit Lebret.

— C'est un meurtre étonnant à plus d'un titre, dit Mary. Vous connaissez les lieux, patron ?

— Un peu…

— Il faut voir ça ! Ce château est une bâtisse extraordinaire. Il est énorme, planté tout rouge à flanc de colline, on le voit de partout, même de ma chambre d'hôtel qui est pourtant à près de quatre kilomètres. Oh…

— Que se passe-t-il ? demanda le commissaire alerté par le changement de ton de Mary.

— Il se passe, il se passe que la lueur…

— Quelle lueur ?

— Un instant, patron, ne quittez pas…

Elle vint se pencher sur la lunette astronomique qui était restée braquée sur le château. Non elle n'était pas folle, il y avait bien une lueur qui se déplaçait de fenêtres en fenêtres dans l'aile droite du château.

Elle revint au téléphone :

— Je raccroche, patron, rappelez-moi dans un quart d'heure !

A l'autre bout du fil, Lebret s'égosillait :

— Allô ! Allô ! Mary, qu'est-ce qui se passe ?

Elle coupa la communication sans répondre et demanda au standard de l'hôtel d'appeler le domaine de Trévarez.

— A cette heure ? s'étonna la standardiste, mais il n'y a personne !

— Si, dit Mary, il y a un repas au château !

— Mais je ne peux pas avoir le château !

— Comment ça ? Hier matin on a appelé l'adjudant-chef Merrien, il y a bien un téléphone à la boutique, et la boutique est près de la salle de réception que je sache !

— Oui mais, dit la standardiste sans s'énerver, pour avoir le château il faut passer par l'accueil, et il n'y a personne à l'accueil !

— Ce qui fait, dit Mary s'efforçant au calme, qu'on ne peut pas avoir le château !

— C'est ce que je me tue à vous dire, fit la standardiste d'une voix dolente.

— Alors, passez-moi la gendarmerie, commanda Mary.

Immédiatement elle eut le gendarme de garde et se fit connaître :

— Ici l'inspecteur Lester, je voudrais joindre l'adjudant-chef Merrien qui est actuellement au château de Trévarez.

— Mais il n'y a pas le téléphone au château, dit le gendarme. Il faut passer par l'accueil et à cette heure-ci...

— L'accueil est fermé, dit Mary qui sentait son sang froid l'abandonner, je sais. Mais alors, si vous avez à joindre votre chef, comment faites-vous ?

— Je peux toujours essayer d'appeler la voiture...

— C'est ça, essayez !

— ... Mais ça m'étonnerait qu'il y soit. Il doit être à table avec les autres.

Mary piaffait... Enfin elle entendit le gendarme :

— C'est bien ce que je pensais, ça ne répond pas !

— Il faut donc que j'y aille moi-même, dit-elle.

— Ce n'est pas la peine, dit le gendarme, vous ne pourrez pas entrer.

— Mais pourquoi ? demanda-t-elle exaspérée.

— Parce que les grilles seront sûrement fermées et que c'est de l'accueil qu'on les ouvre et à cette heure ci...

— Il n'y a personne à l'accueil, merci, dit-elle les dents serrées par le dépit.

Soudain elle eut une idée :

— Et le garde ? Il a bien le téléphone, lui.

— Ah, c'est possible, dit le gendarme, mais je n'ai pas son numéro.

— Eh bien, cherchez-le !

— Permettez, dit le gendarme sans se départir de son calme, on m'appelle sur une autre ligne.

Pendant qu'il répondait, Mary revint à sa lorgnette. La lumière était maintenant dans la tour de droite, tout en haut. D'impatience, Mary se mordillait l'ongle du pouce. Le gendarme reprit la ligne pour lui dire qu'il devait sortir, car un camion chargé de poulets s'était renversé sur la voie express et il fallait dévier la circulation.

— Si vous arrivez à contacter l'adjudant-chef, dit le gendarme, dites-lui pour les poulets...

Elle parvint à répondre d'une voix impersonnelle :

— Comptez sur moi...

Puis elle raccrocha avec violence, comme si le téléphone était responsable de ses avatars en grommelant :

— Si tu savais ce que je m'en tape de tes poulets !

Enfin, elle reprit l'appareil et titilla la fourche du combiné avec humeur :

— Mademoiselle !

— Oui.

— Trouvez-moi le numéro du gardien du château. Il s'appelle je crois Robert... Robert...

— Robert Kéruz.

— C'est ça. Dès que vous l'avez, vous me le passez.

En attendant d'avoir sa communication, elle s'habilla rapidement. Son téléphone se remit à sonner comme elle laçait ses chaussures.

— Ça sonne pas libre, dit la standardiste.

Mary jura intérieurement.

— Donnez-moi le numéro, je vais rappeler.

La standardiste égrena les huit chiffres que Mary nota soigneusement. Elle acheva de s'habiller, puis refit le numéro.

A l'extrémité du fil, la petite sonnerie la narguait : bip... bip... bip... Elle pesta :

— Le con ! il a dû décrocher son téléphone !

N'en pouvant plus d'attendre, elle descendit l'escalier quatre à quatre et monta dans sa petite Austin.

— On va bien voir si personne ne va m'ouvrir ! dit-elle faisant ronfler son moteur.

Il ne lui fallut pas plus de cinq minutes pour atteindre la grille du château. Tout était éteint. Elle sortit de sa voiture et tenta d'ébranler la lourde barrière métallique, en vain. Alors, elle s'approcha de l'entrée, du guichet où on délivrait les billets aux visiteurs. Elle n'avait, pour tout éclairage, qu'une minuscule lampe torche publicitaire montée en porte-clefs, qui délivrait sa lumière avec parcimonie. Sur les parois de verre était collée une affichette : "Protection électronique"

— Voilà ce qu'il me faut ! s'exclama-t-elle avec satisfaction.

Et elle asséna un grand coup de pied dans la porte vitrée. Aussitôt une sirène se mit à hurler quelque part dans le parc.

— Ah, se dit-elle, il va bien tout de même y avoir quelqu'un qui va bouger là dedans !

Mais au bout d'un moment, la sirène se tut et elle n'entendit plus que le vent qui agitait la ramure des grands hêtres. Rien ne bougeait, le silence devenait angoissant. Une lumière blafarde tombait du ciel quand la lune était dégagée, mais de gros nuages noirs la masquaient épisodiquement et elle se retrouvait alors dans une obscurité totale.

De loin en loin, une voiture passait sur la route distante d'une centaine de mètres et elle apercevait à travers les fûts des arbres la lumière jaune des phares, puis tout retombait dans le silence et les ténèbres.

Mary frissonna : il ne faisait pas chaud et, en plus, elle commençait à être vaguement inquiète. Elle essaya de chantonner pour évacuer sa peur puis, furieuse, elle donna un autre coup de pied dans la porte de verre. En vain. La sirène ne se remit pas en marche.

Dire que là-bas, au château, on devait bien rire, bien boire, bien manger, Merrien comme les autres, sans se douter que, quelque part dans les étages, là où les travaux n'avaient pas encore été entrepris, quelqu'un se promenait, quelqu'un, Mary en était sûre, qui en savait long sur la mort de François Toullec.

Rien qu'en évoquant le malheureux conférencier, elle frissonna de nouveau, serrant contre elle les pans de sa veste. Puis elle se retourna, n'avait-elle pas entendu un pas ? Elle scruta la nuit profonde, se gourmandant : tu es folle… Il n'y a rien, ce sont tes nerfs qui te jouent des tours.

Que faire ? Rester ? Pourquoi ? Personne ne l'entendrait. Partir ? C'était capituler, et ça c'était un mot que Mary Lester n'aimait pas. Appeler ? Inutile, le château était bien à deux kilomètres à l'intérieur du parc et il était illusoire de penser que quelqu'un pût l'entendre.

Elle fit quelques pas, écarquillant les yeux pour tâcher de voir quelque chose. Elle avait le sentiment bizarre et désagréable d'être observée. Elle était folle d'être venue ici toute seule… Un meurtrier sévissait dans ce parc… Peut-être était-il là, derrière un arbre, peut-être braquait-il déjà sur elle sa carabine. Demain on trouverait son cadavre placé bien en évidence, comme un défi que le malheureux Merrien serait bien en peine de relever.

Si au moins elle avait pris son arme de service. Elle était là, dans sa voiture. Mais à quoi bon ? Armée ou pas, s'il décidait de la tuer, elle ne verrait même pas venir le coup.

La lune fit soudain briller la carrosserie de l'Austin et elle se précipita pour s'y réfugier. Au moins, pourrait-elle allumer les phares, au moins pourrait-elle faire fonctionner l'autoradio dont le bruit la rassurerait et puis, si elle se sentait menacée, regagner la route et se réfugier dans son hôtel qu'elle n'aurait jamais dû quitter.

Elle avait la main sur la poignée de la porte quand une voix sèche la cloua sur place :

— Halte !

Elle crut que son cœur allait éclater. La lueur d'une puissante lampe torche l'aveugla.

— Mains en l'air !

Elle obtempéra docilement, les jambes molles, terrorisée par cette silhouette qu'elle devinait derrière la lumière trop vive.

Sa dernière heure était arrivée, c'était sûr. N'était-ce pas un canon de fusil qui pointait sur elle ? Si bien sûr, le double canon d'une arme de chasse. Elle ferma les yeux, attendant le coup...

— Appuie-toi contre la grille, les mains toujours en l'air !

La voix était impérieuse. Mary sentit le froid des épais barreaux de fer contre ses mains, mais sa peur s'estompa un peu. Puisqu'"on" lui donnait des ordres, "on" n'allait pas tirer, du moins pas tout de suite... Tant qu'il y a de la vie...

— Qui êtes-vous ? parvint-elle à demander d'une petite voix.

— Ta gueule !

Elle sentit une main la palper sur toutes les coutures et, quand cette main rencontra sa poitrine, se retirer comme si elle avait touché un brandon incandescent.

— Nom de Dieu ! Une femme !

Cette fois, lâchant les barreaux de fer, Mary se retourna :

— Mais qui êtes-vous à la fin !

— Qui je suis ? dit la voix rogue, le gardien du château !

— Monsieur Robert Kéruz ? demanda-t-elle en écarquillant les yeux.

Un grognement affirmatif lui répondit.

— Monsieur Kéruz, je suis l'inspecteur Lester...

Le faisceau de la lampe se fixa de nouveau sur elle,

éblouissant, la forçant à cligner des yeux, et celui qui la tenait grogna une nouvelle fois.

— Mais qu'est-ce que vous faites là ? demanda-t-il.
— Je cherche à joindre l'adjudant-chef Merrien. Il est au château…

Le jet de lumière se rabaissa et, quand ses yeux se furent réaccoutumés à l'obscurité, elle aperçut, à la faveur d'un rayon de lune, la silhouette osseuse du garde, plus malgracieux que jamais.

Il tenait sa lampe de la main gauche et, à la saignée du coude droit, un fusil de chasse à double canon. Dans cet équipement il s'était approché de Mary sans qu'elle entendît le moindre bruit.

Elle demanda :
— Par où êtes-vous passé ?

Il eut un vague geste du pouce par-dessus l'épaule : "par en haut," ne daignant pas expliquer à Mary où était cette autre issue à la propriété.

— Et vous étiez là depuis longtemps ?
— Assez.
— Assez pour quoi ?
— Pour voir si vous étiez seule.

Mary avait baissé les bras, elle reprenait du poil de la bête :
— Il faut que j'aille jusqu'au château.

Sans mot dire, le garde sortit une clé de sa poche, l'introduisit dans la serrure et poussa la porte de verre que Mary avait malmenée. Puis il appuya sur un bouton et les doubles vantaux de fer forgé s'ouvrirent en silence.

— Venez avec moi, dit Mary.

Il secoua la tête négativement et, sans plus s'occuper d'elle, appuya sur la commande qui fermait le portail. Puis, montrant de la tête les vantaux qui entamaient leur lent mouvement, t il dit :
— Vite !

Mary embraya et passa le seuil. Quand elle se retourna, la haute silhouette de l'ancien commando marine s'était fondue dans l'obscurité. Un peu remise de ses émotions, elle descendit la grande allée qu'elle connaissait pour l'avoir parcourue de jour avec l'adjudant-chef Merrien. Un lapin passa dans les phares, puis un oiseau de nuit.

Quand elle déboucha sur le terre-plein sablé devant le château, la lune se découvrit soudain, éclairant les parterres, et elle crut apercevoir, en lisière du bois, une silhouette blanche qui fuyait vers la pièce d'eau. Sans doute quelque chevreuil…

Elle se gara parmi les autres voitures et entra. De la grande salle brillamment éclairée lui parvint le refrain d'une chanson populaire reprise en chœur.

Au fond, tout contre la haute cheminée aux linteaux finement sculptés de figures héraldiques, il y avait une longue table nappée de blanc sur laquelle était disposée avec art un buffet de charcuteries diverses. Un jeune homme en veste blanche officiait, assisté de deux jeunes filles déguisées en soubrettes de comédie.

Quand la chanson fut finie, les applaudissements éclatèrent, puis le brouhaha des conversations redevint général. Les convives étaient installés par petites tables de quatre, mais certains avaient accolé leurs tables pour que tous leurs amis puissent y trouver place.

Dans l'encoignure de l'immense salle, Mary cherchait du regard l'adjudant-chef Merrien. Il était à la table de la directrice et lui tournait le dos. Cependant, madame Salmon l'ayant aperçue et l'ayant interrogée du regard, elle lui fit signe que c'était à Merrien qu'elle voulait parler.

Merrien, qui soutenait une discussion animée avec celui que Mary avait surnommé "l'historien local", se retourna et, s'excusant auprès de son vis-à-vis, se leva en s'essuyant les lèvres et vint à sa rencontre.

— Vous vous êtes décidée à nous rejoindre ! Vous avez

bien fait, il y a là des gens très drôles. On va vous faire une place à notre table !

— Il s'agit bien de ça ! dit Mary.

Et, prenant l'adjudant-chef par la manche, elle l'entraîna :

— Venez donc par ici !

Merrien, intrigué, la suivit dans une pièce austère aux murs lambrissés de boiseries sombres dans laquelle il y avait également une immense cheminée. Le parquet de chêne ciré, à point de Hongrie, grinçait sous les pas. Aux murs, il y avait des tableaux d'un illustre artiste récemment disparu en un âge avancé et Mary, qui avait, en matière d'art comme en matière de musique des idées assez arrêtées, jugea qu'il aurait mieux fait de disparaître "avant" d'avoir commis ces cochonneries.

— Qu'est-ce qui se passe ? demanda Merrien.

— Il se passe que, pendant que vous faites la java, le meurtrier se balade au-dessus de vos têtes !

Merrien se rembrunit :

— Qu'est-ce que vous me racontez là ?

Il la regardait d'un air de dire : « Mais elle ne me foutra jamais la paix, cette souris ! ». Et Mary qui avait parfaitement reçu le message répondit :

— Ah, Merrien, ne me regardez donc pas comme si j'avais des hallucinations. C'est vous qui avez bu, pas moi !

Il protesta :

— Oh, si peu…

— Bon, dit-elle, on ne va pas se fâcher… Figurez-vous que, de ma chambre d'hôtel, je vois l'arrière du château.

— C'est pas original. Depuis Châteauneuf, on le voit de partout.

— Je me suis procurée, dit-elle en négligeant l'interruption, une puissante lunette d'approche.

Elle regarda Merrien fixement :

— Et savez-vous ce que j'ai vu ce soir ?

Merrien fit mine de hausser les épaules, mais se retint :

— La fameuse lueur…

— Eh oui Merrien, la fameuse lueur.

Cette fois l'adjudant-chef ne se retint pas :

— Un reflet, dit-il, vous avez vu un reflet ! C'est courant quand le soleil se couche…

— En effet c'est courant, ironisa Mary, c'est courant de voir un reflet de soleil quand le soleil est couché depuis plus de deux heures ! Et qui plus est, un reflet qui vole de fenêtre en fenêtre !

— Alors, dit Merrien, c'est le phare d'un avion, d'un hélicoptère, que sais-je moi ?

On sentait qu'il n'avait pas envie de parler de l'affaire à cette heure de la nuit, et qu'il brûlait de retourner auprès de ses compagnons de table poursuivre une soirée si bien commencée.

Et Mary en le parodiant :

— Un spoutnik, une soucoupe volante…

La porte grinça et madame Salmon entra.

— Que se passe-t-il, inspecteur ?

Son regard allait de Merrien à Mary.

— Il se passe, dit Merrien, que Mademoiselle Lester a cru voir, depuis la fenêtre de son hôtel, une lueur aux fenêtres des étages.

— Je n'ai pas cru voir, dit Mary d'une voix froide, j'ai vu. Madame Salmon, je voudrais visiter les étages de votre château.

— A cette heure ? s'exclama la directrice. Vous n'y pensez pas !

— Si j'y pense, justement.

— Mais il n'y a pas de lumière… Et puis les planchers n'ont pas été restaurés, il y a des trous un peu partout… Les escaliers n'ont plus de rampes, il y manque des marches. De jour déjà ce n'est pas prudent, alors de nuit…

Mary qui avait eu son compte d'émotions à la grille du château se sentit fléchir.

— Il n'y a pas d'électricité ?
— Non, l'installation n'a été refaite qu'au rez-de-chaussée !
— Ah… dit-elle, déconfite.
Et madame Salmon qui n'avait aucune envie, après une si belle soirée, de risquer de se casser le cou dans les étages :
— C'est dangereux, je vous assure, très dangereux !
Alors Mary céda :
— Alors, demain, dit-elle.
— Demain, acquiesça la directrice soulagée.
— Demain matin !
— Pas trop tôt, s'il vous plaît…
Visiblement, la directrice elle aussi commençait à être lasse et elle aspirait à une grasse matinée bien méritée.
— Dix heures ? proposa Mary.
Madame Salmon hocha la tête en signe d'assentiment.
— Dix heures !
Elle sourit, soulagée et dit à Mary :
— Maintenant que vous êtes là, venez donc prendre le dessert avec nous !
Mary se retrouva assise en face de Merrien et de la directrice et à côté de l'historien local.
— Dites donc, dit-elle, pour vous joindre ici ce n'est pas commode !
Et elle fit le récit de ses tribulations avant d'avoir pu réveiller le garde.
— C'est pour avoir la paix qu'il décroche son téléphone ?
— Exactement, dit madame Salmon.
— Et vous tolérez ça ? s'étonna Mary.
— Ecoutez inspecteur, dit la directrice, bien qu'il ne soit pas éminemment sympathique ni très causant, Robert Kéruz est un excellent gardien. Avez-vous vu comme il vous a approchée sans que vous vous doutiez seulement de sa présence ?
— Ça, avoua Mary en se remémorant sa terreur quand

la voix du gardien était sortie de l'ombre, il m'a bien surprise !

— Il en est de même pour les apprentis cambrioleurs ou les braconniers. Kéruz les surprend toujours. Je ne sais comment il fait pour se déplacer aussi vite et aussi silencieusement sur son pilon, mais demandez un peu à l'adjudant-chef…

— C'est vrai, dit Merrien, de temps en temps il nous appelle pour nous livrer des loubards qui ont, comme vous, essayé de forcer une porte.

— Ça ne lui fait pas que des amis… Son téléphone sonnait plus que de raison, surtout la nuit.

— Des menaces ? demanda Mary.

— C'est ça, dit la directrice, des menaces et puis des insanités… Enfin, vous savez de quoi sont capables ceux qui s'adonnent à ce petit jeu…

Il y eut un silence et elle ajouta :

— C'est pourquoi il le décroche maintenant.

Mary hocha la tête en signe de compréhension.

— Le domaine autour du château doit être très giboyeux dit-elle. J'ai vu des lapins sur le chemin.

— Vous pensez, dit madame Salmon, depuis le temps qu'on a arrêté d'y chasser… Ça suscite des convoitises.

— J'ai même vu un chevreuil en arrivant, il était près du château et il a filé vers le bassin.

— Un chevreuil ! s'étonna madame Salmon. Surprenant, depuis le temps qu'on n'en a pas vu ! Vous êtes sûre que c'était un chevreuil ?

— Ah, je n'en sais rien, dit Mary en finissant son éclair au chocolat, j'ai vu une forme blanche, il y avait un peu de brume, j'ai dit un chevreuil comme ça, comme j'aurais dit un cerf, ou un daim… Je suis loin d'avoir la science de Robert Kéruz pour reconnaître les animaux !

— C'était peut-être la dame blanche, dit gravement l'historien local.

Merrien haussa les épaules :

— Ça va, Milin, vous n'allez pas remettre ça avec cette histoire à dormir debout !

— De quoi s'agit-il ? demanda Mary.

— D'un fantôme ! dit l'adjudant-chef. On a le château écossais sur la lande bretonne, il y manquait un fantôme, eh bien, voilà, Milin en a trouvé un !

— Vous avez tort de rire, gendarme, dit l'historien local piqué au vif. Je n'ai rien inventé du tout ! C'est historique ! Et il articula soigneusement le mot.

— Il y a cent endroits en France, dit le gendarme, que dis-je, mille endroits où on l'a vue, votre fameuse dame blanche !

— Racontez-moi, dit Mary à Milin. J'adore les histoires de fantôme.

Milin, après avoir jeté un regard noir à l'adjudant-chef, se tourna vers Mary et, d'un air docte :

— C'est une histoire qui remonte à la Révolution... Le domaine était alors la propriété de deux jeunes aristocrates. Et, tandis que le vicomte "chouannait" avec d'autres nobles des environs, sa jeune et charmante épouse le trompa avec... Lazare Hoche, le célèbre général, chargé de réprimer ces mêmes chouans. On dit même qu'elle donna, sur l'oreiller, des renseignements à son amant, renseignements qui lui permirent d'arrêter plusieurs chefs chouans, dont le fameux Charrette lui-même. Après la mort de Hoche, maudite par toute la population, ce dont elle n'avait cure, elle épousa son lieutenant et mourut à Trévarez.

— Et ce serait son fantôme, dit Mary, qui erre dans le parc les nuits de grande lune.

— On le dit, fit Milin très sérieux.

Et comme Merrien éclatait de rire, il prit l'air offensé de l'homme qui sait plus qu'il n'en veut dire :

— La malédiction, grommela-t-il, la malédiction...

— Encore ! s'exclama Mary.

— Encore quoi ? demanda Merrien.
— La malédiction ! Ça fait deux fois qu'on m'en parle, dit Mary. La première fois, c'était un vieil homme au bord du canal évoquant la construction du château, et maintenant c'est vous, monsieur Milin !

Et braquant son regard sur lui, elle demanda gravement :
— Vous y croyez vraiment ?

Le bonhomme gêné baissa les yeux :
— Il y a des faits… Des faits indéniables… Des choses que, peut-être parce que vous n'êtes pas d'ici, vous ne pouvez comprendre…

Il parlait bas, mâchouillait ses mots jusqu'à les rendre presque incompréhensibles. Mary devait apporter toute son attention et lire sur ses lèvres autant qu'elle entendait. Cependant Milin parvenait tout de même à paraître convaincu par ce qu'il disait.

L'adjudant-chef intervint brutalement dans la conversation :
— Je vais vous dire, inspecteur, la seule malédiction que je vois là-dedans, c'est que, tous les samedis soir, des gugusses qui ont trop bu téléphonent à la brigade pour raconter qu'ils ont vu la fameuse dame blanche dans les phares de leur voiture…

Mais Mary fit comme si elle n'avait pas entendu et, fixant Milin droit dans les yeux, elle demanda :
— La mort de François Toullec par exemple ?

Mary ne le lâchait pas, et comme il ne répondait ni oui ni non, elle redit une nouvelle fois :
— Toullec est mort de trois balles dans la région du cœur. Certes, on peut considérer ça comme une malédiction, mais pour moi, une malédiction provoquée par quelqu'un qui actionne la détente d'une arme, ça s'appelle un crime.

Milin la regarda avec un sourire navré, d'un air de dire : « Ma pauvre fille, vous ne comprenez rien à rien ! ».

Et il secoua la tête, renonçant à expliquer des choses

qu'il ressentait confusément et qui resteraient forcément lettre morte pour un esprit aussi borné que celui d'un inspecteur de police.

La réception touchait à sa fin. Dans des bruits de chaises repoussées, les convives prenaient congé. Mary regagna sa voiture en compagnie de Merrien. Le parc éclairé par les phares, avait perdu une grosse partie de son mystère.

Mary leva les yeux vers les étages, la haute tour. Les fenêtres encadrées de granit finement travaillé restaient obstinément obscures. Et pourtant...

— Vous cherchez toujours vos lueurs, ironisa Merrien.

Il était dans l'euphorie qui suit un bon dîner. Pour cette phrase, et à cet instant, Mary le détesta. Elle aussi, tout à l'heure, était bien tranquille dans son hôtel en train d'écouter Mozart dans la quiétude douillette d'une chambre confortable. Et, parce qu'elle avait vu cette lueur, elle s'était précipitée et avait pensé mourir, d'abord de peur, ensuite par balles quand elle avait vu les canons de l'arme du garde braqués sur elle. Fâcheuse impression...

Et maintenant cet adjudant-chef se moquait d'elle, oh, bien gentiment, mais il se moquait tout de même.

— Je crois que je vais bien dormir, dit-il, béat, en étouffant un bâillement.

« Quel culot ! se dit Mary indignée, Monsieur va bien dormir ! Ça m'étonnerait ! »

Elle se pencha par le carreau baissé de sa petite Austin et interpella le gendarme qui s'éloignait vers sa 4 L :

— Merrien !

L'adjudant-chef se retourna :

— Oui ?

— J'ai oublié de vous dire quelque chose.

Merrien revint sur ses pas et se pencha vers elle :

— Important ?

— Je ne sais pas. Comme je ne pouvais pas avoir le château, j'ai essayé la gendarmerie.

— Oui ?

— Le gendarme n'a pas pu vous joindre non plus.

— Ah… Je n'ai pas entendu la radio, j'étais trop loin de ma voiture.

— Ça doit être ça… Alors il m'a dit de vous prévenir qu'un camion de poulet s'était renversé sur la voie express et qu'il partait d'urgence établir une déviation.

Pour le coup, l'adjudant-chef parut avoir perdu toute envie de dormir :

— Nom de Dieu ! rugit-il, où ça ?

— Ben, je ne sais plus, dit Mary candide.

— Et c'est maintenant que vous me le dites ?

— C'est important ? demanda-t-elle faussement contrite, deux doigts posés sur ses lèvres, dans l'attitude d'une petite fille surprise la main dans le bocal de confiture.

— Elle me demande si c'est important ! s'exclama Merrien en prenant à témoin les convives qui s'éloignaient. Et, comme personne ne prenait garde à son indignation, il revint vers l'Austin :

— Mais vous vous rendez compte, un camion en travers sur la voie express en pleine nuit ? Ça pourrait provoquer des accidents graves ! Oh !

Il s'éloigna à grands pas, furieux devant l'inconscience de cet inspecteur femelle et grimpa dans sa 4 L dont il emballa le moteur. Mary vit la petit voiture s'éloigner en faisant voler le gravier de l'allée, son gyrophare éclaboussant de bleu les arbres et les allées.

Mary embraya doucement, un petit sourire aux lèvres :

— Bonne nuit, monsieur l'adjudant-chef…

XIII

Il était dix heures précises en ce dimanche matin quand Mary se présenta à la grille du château. Madame Salmon venait d'arriver et, à peine fut-elle garée dans une des allées du parc, derrière le bureau directorial que la Renault 4 de la gendarmerie fit son apparition.

Merrien en descendit et salua Mary.

— Bonjour, monsieur l'adjudant-chef, dit-elle, bien dormi ?

— Très bien, dit-il brièvement.

— Et ces poulets ?

Il s'était fait une carapace d'impassibilité, bien décidé à éviter avec soin les provocations de l'inspecteur Lester.

— Ça va... Tout est en ordre.

Sa tenue, comme toujours, était impeccable, il était rasé de frais, et pourtant sous ses yeux on voyait des poches qui n'y étaient pas la veille. Sa nuit devait avoir été particulièrement courte et Mary s'en voulut soudain de l'avoir taquiné. Son boulot n'était pas rose tous les jours.

— Avez-vous eu des nouvelles de notre faux mort ?

— Ouais...

Il baissa un moment les paupières en serrant les poings. L'inspecteur Lester plus le faux mort de la veille, ça faisait vraiment beaucoup. Enfin il dit d'une voix lente :

— Il a fait, probablement avec une cigarette, trois trous dans sa chemise, et, en se piquant le pouce, assez de sang a coulé pour nous donner le change... Ensuite il a provoqué un scandale à l'hôpital, il a alerté la presse, tenez, regardez ! Il tendait à Mary le Journal du Dimanche qui avait fait sa une avec la photo du célèbre écrivain assis sur le bord du brancard, entre deux infirmiers avec ce titre : "La fausse mort de Leamond de La Rivière".

Mary prit le journal et lut l'article en hochant la tête :

— Il est très fort !

— Si on veut, dit Merrien, et il y avait de l'amertume dans sa voix.

— Sera-t-il poursuivi pour outrages ? demanda Mary.

— Je n'en sais rien, soupira le gendarme. J'ai transmis le dossier à ma hiérarchie. Le colonel décidera.

Il mit la main sur la portière de la 4L mais avant de l'ouvrir, il se retourna vers Mary :

— De toute façons, ça ne servira à rien… A rien qu'à lui faire une publicité supplémentaire et à faire rire à nos dépens.

Madame Salmon revint avec des clefs impressionnantes :

— Montez, dit Merrien en lui ouvrant la porte arrière.

Mary s'installa près de lui et la voiture partit vers le château. La journée s'annonçait belle, il n'y avait pas un nuage dans le ciel. Par les vitres ouvertes, montait la bonne odeur des sous-bois et de la rosée qui s'évaporait au soleil.

Quand Mary descendit de la voiture, Merrien s'aperçut qu'elle portait son arme de service. Il ironisa :

— C'est pour chasser la dame blanche ?

— Rigolez toujours, lui dit-elle, je n'oublie pas, moi, qu'il y a un assassin en liberté quelque part.

Madame Salmon avait introduit dans le portail de fer qui défendait l'entrée principale, une clé de belle dimension. et maintenant elle s'arc-boutait sur le battant.

— Aidez-moi, dit-elle à l'adjudant-chef.

Mais, avant qu'il ait pu intervenir, une grande main noueuse se posa sur les rosaces de fer et le battant s'ouvrit en grinçant un peu.

— Merci Robert, dit-elle.

Et Robert Kéruz, car c'était lui qui les avait rejoints, hocha la tête en silence. Puis il poussa l'autre battant et ouvrit la porte de chêne sculpté qui commandait l'entrée du hall. Au passage, Mary tenta d'ébranler l'imposant vantail de ferronnerie, en vain. Madame Salmon, qui avait remarqué son geste, lui dit :

— Chaque battant pèse trois tonnes cinq.

Et elle précisa :

— Avant d'être posée, cette porte a voyagé. Figurez-vous qu'elle a obtenu un prix au début du siècle dans une grande exposition à Saint-Louis aux Etats-Unis.

Merrien ironisa à nouveau :

— Difficile à forcer, vous ne pensez pas ?

Et il ajouta :

— Sauf pour un fantôme, bien entendu.

Mary le regarda :

— Vous avez déjà vu des fantômes tirer à la 22 ?

Madame Salmon interrompit ce dialogue aigre-doux :

— Si vous le voulez bien, nous commencerons par le sous-sol.

Elle poussa une petite porte dissimulée dans le recoin de la tour et recommanda :

— Regardez bien où vous mettez les pieds.

Un escalier poussiéreux menait aux entrailles du château. Il montait de ce sous-sol une odeur de moisi et de salpêtre. D'immenses salles se succédaient le long d'interminables couloirs. Les portes avaient disparu. En passant devant chaque local à présent vidé de son mobilier, madame Salmon donnait des explications :

— Ici la salle des gibiers... La cave à viande... La cave à bois...

Dans cette dernière demeuraient, après un demi-siècle d'abandon, d'énormes tas de bûches qui devaient provenir du domaine.

— Il y avait deux bûcherons, précisa madame Salmon, dont le rôle consistait uniquement à pourvoir le château en bois de feu. Chaque domestique avait un rôle très précis. Il y avait même un jeune garçon qui était chargé de la cueillette des champignons, un bouquetier…

— Un quoi ? demanda Mary qui avait mal compris.

Madame Salmon répéta :

— Un bouquetier, un homme chargé de faire les bouquets de fleurs. Il y avait une pièce réservée à cet usage. Le chef jardinier, qui avait une douzaine d'hommes sous ses ordres, cueillait chaque matin des brassées de fleurs, et le bouquetier ordonnait les compositions destinées aux chambres, aux salles à manger, aux salons. Les bouquets étaient changés chaque jour.

— On croit rêver, dit Mary. Il fallait une fortune colossale pour vivre sur un tel pied.

— Le marquis l'avait, dit madame Salmon, et à cette époque, la main-d'œuvre n'était pas chère.

Elle s'arrêta devant une porte béante d'où partaient des rails :

— Voici la cave à charbon : les énormes chaudières du chauffage central étaient alimentées par des wagonnets, comme ceux qui transportent le minerai dans les mines…

— Il y avait aussi des soutiers ? demanda Mary.

— Bien sûr, confirma la directrice. Il fallait bien enfourner ces formidables quantités de charbon dans les chaudières. Tout le château était chauffé à l'air pulsé…

Elle passa à une autre porte :

— Ici c'est la cave à vins. Le sol en était sablé et le marquis venait lui-même choisir ses crus en fonction des circonstances. Après qu'il eut passé, le sol était soigneusement ratissé par le caviste.

Puis on arriva aux cuisines, vaste salle où subsistaient encore des vestiges des anciens fourneaux. Des débris de bois et de briques jonchaient le carrelage du sol, bien endommagé par endroits. Les fenêtres de ces sous-sols étaient presque toutes veuves de leurs vitres, mais elles étaient défendues par d'impressionnantes grilles de fer forgé.

— C'est toujours pas par là qu'on pourrait entrer au château, dit Merrien qui avait suivi le regard de Mary.

Celle-ci furetait, examinait, mais elle dut convenir qu'il était bien difficile de trouver un indice sur ces sols mal éclairés et couverts de gravats.

Leurs pas sonnaient lugubrement dans les grandes salles désertes. On avait du mal à imaginer que ce sous-sol immense et désolé, gai comme une mine désaffectée, avait connu une activité de ruche au temps de la splendeur du marquis, et qu'à la saison des réceptions, une cinquantaine de domestiques s'activaient à la bonne marche de ce gigantesque vaisseau de pierre et de briques.

Madame Salmon entra dans une salle de belle dimension qui, curieusement, épousait une forme circulaire.

— Nous sommes ici sous la terrasse de la façade occidentale, dit-elle. C'est la salle dite "des gens"...

Il y avait, contre un mur, un poêle en céramique blanche large comme un haut fourneau. Mary s'en approcha et l'examina avec curiosité. Sur les côtés s'ouvraient des bouches destinées à évacuer la chaleur.

— C'est un poêle autrichien, dit madame Salmon. Cette salle était destinée à la domesticité qui y venait pendant ses temps de repos. Confortablement meublée, bien chauffée comme vous pouvez le constater, elle témoigne du souci qu'avaient les maîtres du bien-être de leurs domestiques.

— Et, pensa Mary, comme aux écuries, les maîtres les avaient toujours sous la main. Une forme d'esclavage, doré peut-être, mais d'esclavage tout de même.

— Vous avez pu le constater, dit encore madame Salmon, si les chambres des maîtres et de leurs hôtes étaient desservies par des ascenseurs, luxe inouï pour l'époque, tout un réseau d'escaliers réservés aux domestiques parcourait la bâtisse.

Ainsi le personnel de service n'apparaissait jamais aux yeux des maîtres.

— Les manants auraient pu gâter leur plaisir, dit Mary.

Madame Salmon la regarda avec étonnement :

— C'était ainsi à l'époque. Même dans les maisons bourgeoises, il y avait un escalier de service.

— Je sais, dit Mary, en général il était étroit, sombre et malcommode. On devait y passer les fardeaux lourds et encombrants, tandis que l'escalier principal, large et bien éclairé ne servait qu'à ceux qui s'y baladaient les mains vides !

Sa nature frondeuse s'insurgeait contre ce qu'elle considérait comme un non-sens et une injustice : toute la peine pour les uns, tout le plaisir pour les autres.

— Il en était de même dans les jardins, dit madame Salmon. Il y avait des allées d'honneur, interdites aux jardiniers et des allées de service qui leur étaient réservées. On pouvait ainsi aller des écuries aux sous-sols du château sans jamais croiser le chemin des maîtres.

— Eh bien, dit Mary, je croyais que l'apartheid était l'apanage de l'Afrique du Sud, mais je m'aperçois qu'il sévissait aussi au cœur de la Bretagne ! Ah, ils étaient beaux, vos aristos ! Ils voulaient bien avoir du monde à leur service, mais ils n'en supportaient ni la vue, ni le contact ! Et ça, plus d'un siècle après la Révolution !

— Il n'empêche, dit Madame Salmon d'un air pincé, que ces domestiques avaient des conditions de vie bien supérieures à celles des autres habitants de la région.

— Je vous crois bien volontiers, dit Mary acide. Relisez "le loup et le chien" du bon la Fontaine, c'est toujours d'actualité.

La directrice la regardait curieusement, se demandant quelle sorte de révolutionnaires on embauchait maintenant dans la police.

La révolutionnaire, après un dernier regard à la salle

"des gens" - ce vocable disant à lui tout seul tout le mépris d'une caste privilégiée pour des intouchables - se tourna vers la directrice du domaine :

— J'en ai bien assez vu ! On pourrait peut-être passer aux étages maintenant.

Ils remontèrent par un escalier à vis - chemin de service - qui suivait l'architecture d'une tour d'angle et empruntèrent le grand escalier. Quelques salles avaient connu un début de restauration et certaines avaient un plancher de chêne à l'ancienne. Mais les chambres étaient dans un état navrant : plus de plancher, il fallait, au risque de se tordre les chevilles, se déplacer sur les hourdis. Ces appartements qui avaient dû, au temps de leur splendeur, être d'un raffinement peu commun, n'étaient plus qu'un affreux chantier de démolition ravagé par les vandales.

Mary continua l'escalade par un escalier sans rampe. Elle regarda en bas, les hauteurs de plafond étaient telles que, bien qu'elle ne fût qu'au deuxième étage, le vide sous elle était vertigineux. Merrien la suivait tandis que madame Salmon, restée à l'étage au-dessous, les exhortait à la prudence.

Mary poursuivit son ascension.

— Méfiez-vous, dit Merrien qui ne devait pas se sentir bien crâne entouré de tout ce vide.

Mary n'était pas trop fière non plus, mais elle voulait absolument voir d'où venaient ces lueurs qui l'intriguaient tant. Enfin, elle atteignit le dernier niveau. Elle était maintenant sous la partie de toiture qui avait été touchée par les bombes et refaite récemment.

Le sol était toujours composé de ces hourdis creux, ce qui rendait la marche hasardeuse. Par endroits il y avait des trous par lesquels elle apercevait l'étage inférieur. Elle s'approcha d'une fenêtre donnant sur l'arrière et de laquelle on découvrait un panorama absolument magnifique : toute la campagne verdoyante, l'Aulne qui s'étalait nonchalamment parmi les prairies et, au fond, tout au fond sur l'horizon, le mont Saint-Michel de Brasparts, point culminant de la Bretagne.

Merrien était resté sur son escalier, n'osant s'aventurer dans ce champ de décombres.

— Inspecteur, appela-t-il.

Mary lui fit un petit signe de la main et, feignant une assurance qu'elle ne ressentait pas du tout, elle poursuivit ses investigations. Le fond du grenier était masqué par une bâche bleue. Elle la souleva et découvrit une pile de cartons entassés contre un mur. Au plafond il y avait une trappe inaccessible. Près des cartons, des mégots, des reliefs de casse-croûte, des boîtes de conserve vides.

A nouveau la voix de Merrien retentit :

— Inspecteur !

Elle souleva la bâche :

— Merrien, venez donc voir un peu par ici !

— Vous avez trouvé quelque chose ?

— Venez voir, insista-t-elle.

Elle entendit les pas prudents de l'adjudant-chef et elle l'encouragea :

— Par ici !

Et quand il fut près d'elle :

— Regardez !

— Eh bien, dit Merrien, ce sont des cartons et puis des reliefs de repas !

— Quand je vous disais qu'il y avait quelqu'un ici, triompha-t-elle.

Merrien eut une moue sceptique :

— Ça ne prouve rien !

Elle s'indigna :

— Comment ça ne prouve rien ! Il y a un type qui squatte ce château... Le soir je vois la lumière de sa lampe quand il monte les étages.

Et, montrant triomphalement les reliefs de repas :

— En voici la preuve !

— Ça peut aussi bien dater de la réfection de l'édifice... Les ouvriers venaient ici casser la croûte, et, qui sait, faire une petite sieste sur ces cartons.

Mary ramassait les mégots :

— Et ils fumaient tous les mêmes cigarettes, des Chesterfield ?

Elle regarda Merrien :

— Les ouvriers fument-ils couramment des Chesterfield ?

— Pourquoi pas ? fit l'adjudant-chef.

Mary secoua la tête :

— Non, Merrien... Non. Ici il y a un type seul. Il fume des Chesterfield, mange du pâté Hénaff, des sardines "Le Connétable", et boit de la Kronembourg en boîte.

Elle avait sorti un sac en plastique de sa poche et prélevait au moyen d'un petit morceau de bois un échantillon de chaque boîte métallique.

— Vous aviez tout prévu, fit Merrien en montrant le sac.

— A vrai dire, fit-elle, je m'attendais à quelque chose de ce genre. Ça m'étonnerait bien qu'il n'y ait pas d'empreintes là-dessus !

Puis montrant la trappe :

— Dites donc, comment monte-t-on là-haut ?

— Parce que vous voulez aller sur le toit ?

C'était dit sur un ton nettement désapprobateur.

— Pourquoi pas ? La vue doit y être magnifique !

— Il faudrait une échelle...

— Vous penserez à en prendre une, la prochaine fois...

Il s'étrangla :

— La prochaine fois ?

Elle le regarda, candide :

— Oui, la prochaine fois que nous reviendrons.

— Parce que...

— Parce que j'ai l'intention de revenir, oui. Allons

Merrien, ne faites pas cette tête ! On a une piste cette fois !

Ils redescendirent précautionneusement et Mary dut convenir que, si l'ascension n'avait pas été une partie de plaisir, la descente elle, était carrément désagréable. Merrien allait devant, les bras écartés comme un équilibriste sur son fil, et Mary suivait, s'efforçant de ne regarder ni à droite ni à gauche. A un endroit où l'escalier était à moitié effondré, elle se demanda si elle n'allait pas, tout bonnement, descendre sur les fesses en faisant fi de sa dignité, mais elle réussit à vaincre son appréhension et elle se retrouva bientôt sur un beau parquet de chêne tout neuf et bien ferme sous le pied, le cœur battant un peu plus fort que d'habitude.

— Et maintenant ? demanda Merrien.

Elle lui tendit son sac plastique :

— D'abord on fait vérifier les empreintes là-dessus, et ensuite…

Merrien ne devait jamais savoir ce qu'elle souhaitait faire ensuite car sa phrase fut coupée par Robert Kéruz qui accourait, se déhanchant sur son pilon :

— Mon adjudant-chef ! Venez vite !

XIV

Il y eut un temps mort qui dut être très bref mais qui parut durer une éternité, pendant lequel Merrien, madame Salmon et Mary restèrent pétrifiés. Ils réagirent enfin, en même temps, réalisant tout d'un coup que, pour que le garde fut dans cet état d'extrême agitation, un nouveau malheur devait être arrivé.

Kéruz montrait du doigt l'aile droite du château derrière laquelle était aménagée une esplanade gazonnée ombragée par les branches d'un énorme chêne.

Une voiture stationnait près du gros tronc noueux, une portière ouverte. Mary et le gendarme se précipitèrent, suivis de madame Salmon qui, entravée dans une jupe trop serrée, perdit rapidement du terrain.

Vautré sur le capot de la grosse Lincoln noire, une voiture massive et puissante comme un tank, le nommé Bertrand sanglotait éperdument. A ses pieds gisait son maître. Leamond de la Rivière était assis par terre et sa tête reposait sur le marchepied caoutchouté de la belle voiture. Les bras pendaient inertes le long du corps.

Sur sa chemise blanche, à l'endroit du cœur, trois petites tâches noires bordées de rouges se détachaient.

Mary s'arrêta, interdite et Merrien s'exclama avec colère :
— Ah non ! Il ne va tout de même pas remettre ça !

Et il s'avança vers le corps inerte comme pour le prendre au col, le remettre debout et le secouer rudement. Mary le retint par la manche :

— Cette fois Merrien, ce n'est pas du cinéma.

Et elle se retourna vers les tours rouges qui les écrasaient de toute leur hauteur tandis que Merrien prenait le poignet du gisant. Il devait chercher le pouls et, ne trouvant rien, il leva vers Mary des yeux angoissés.

— C'est vrai, il est mort…

Mary leva les yeux au ciel. Elle n'en n'avait jamais douté.

— A votre avis, de quelle fenêtre a-t-on tiré ?

L'adjudant-chef considéra l'énorme édifice. Pour les fenêtres, on n'avait que l'embarras du choix. Ça allait trop vite pour lui, son regard allait du corps de Leamond de La Rivière aux ouvertures de la tour.

Mary revint à Bertrand qui sanglotait toujours :

— Eh bien, que s'est-il passé ?

Madame Salmon qui les avait rejoints considérait le cadavre de l'écrivain avec une horreur qu'elle ne cherchait pas à dissimuler et Kéruz se tenait à trois pas, avec, sur sa longue figure osseuse, d'un air d'incommensurable ennui.

Merrien avait empoigné Bertrand par le devant de sa veste et le secouait sans ménagement, irrité de n'avoir pas eu une réponse immédiate.

— On te demande ce qui s'est passé !

A nouveau Bertrand se remit à sangloter. Mary considéra le compagnon de l'écrivain avec plus d'attention. Jusque-là, elle ne s'était pas arrêtée à la personnalité du dénommé Bertrand tant elle paraissait falote auprès de celle de son maître. Mais maintenant que le grand homme gisait dans l'herbe et qu'il y avait bien peu de chances pour qu'il se relève en criant "coucou me voilà", Bertrand apparaissait en pleine lumière.

C'était un garçon d'une trentaine d'années, vêtu comme un homme des bois, de cuir fauve, avec les cheveux tirés en arrière et noués en une sorte de petite queue de cheval. Mais à bien considérer ses vêtements, on s'apercevait qu'ils sortaient de chez un bon faiseur du faubourg Saint-Honoré et que les mains qui cachaient son visage étaient soigneusement manucurées.

Ce type avait des manières efféminées et la rudesse de l'adjudant-chef le terrorisait.

— Laissez, Merrien, dit Mary.

Et, prenant Bertrand par le bras, elle lui dit avec douceur :

— Allons, Bertrand, calmez vous.

Bertrand étouffa quelques sanglots et Mary ayant sorti un paquet de Kleenex de sa poche, lui en offrit un :

— Essuyez-vous les yeux.

Bertrand obéit docilement.

— Que s'est-il passé ?

Il ne répondit pas tout de suite, s'essuyant les yeux, encore secoué de sanglots, se pencha vers le rétroviseur comme une femme l'aurait fait et dit d'une voix navrée :

— Je dois en faire une tête !

Près de Mary, Merrien bouillait et on sentait qu'il brûlait de lui dire :

— C'est moi qui vais t'en faire une tête, connard, si tu ne déballes pas ce que tu sais !

A nouveau Mary le tira par la manche :

— Laissez, Merrien !

L'adjudant-chef s'éloigna de quelques pas en maugréant et passa sa rage en shootant rageusement dans une malheureuse vesse-de-loup qui avait eu la mauvaise idée de pousser là pendant la nuit. Le champignon explosa dans un nuage de poussière, souillant de poudre brune la chaussure soigneusement cirée du gendarme qui jura et sortit un mouchoir de sa poche pour réparer les dégâts.

Mary tenait Bertrand par le coude.

— Alors ?

— Leam m'a demandé de le conduire au château, dit-il en essuyant ses yeux rougis, et il m'a recommandé de stationner à l'ombre.

Le majordome s'exprimait d'une voix lasse.

— Je me suis arrêté là (il montrait la voiture) et je suis descendu pour l'aider à sortir. Puis j'ai fait le tour pour prendre sa serviette dans le coffre, j'ai entendu un bruit et je l'ai vu tomber.

A cette évocation, de nouveaux sanglots le secouèrent. Mary nota le diminutif dont il avait usé pour appeler l'écrivain, et cette familiarité ajoutée au profond chagrin qu'il manifestait lui laissèrent à penser que Bertrand ressentait pour lui un attachement bien plus fort que celui qu'il est d'usage de trouver entre maître et employé.

Pendant ce temps, Merrien s'activait sur le poste de radio de la 4 L pour demander des secours. Le garde n'avait pas bougé, madame Salmon non plus.

Bertrand se moucha vigoureusement et Mary voulut lui demander des précisions sur le drame. Mais il se borna à confirmer ce qu'il venait de lui dire : La Rivière lui avait recommandé d'arrêter sa voiture à l'ombre, ce qu'il avait fait, et quand il avait ouvert le coffre il lui avait semblé entendre une détonation ; il s'était alors redressé et avait vu son maître s'effondrer doucement dans l'herbe.

— Vous me dites que vous avez entendu UNE détonation ? demanda Mary.

— Ben oui, dit Bertrand surpris.

— Mais... Le corps porte trois traces d'impact... Regardez !

— Je ne peux pas voir ça ! s'exclama Bertrand d'une voix aiguë en se cachant de nouveau le visage dans les mains.

— Ne regardez pas si vous ne pouvez pas, dit Mary agacée, mais il n'en est pas moins vrai que, comme François Toullec, il a bien été tué de trois balles !

— Peu importe, dit l'autre d'une voix lamentable, il est mort !

Mary insista :

— Il y a trois balles, donc il y a eu trois coups de feu !

— Peut-être, dit Bertrand avec une moue de petite fille contrariée, mais moi je n'en ai entendu qu'un !

Il avait prononcé cette phrase sur un tel ton que Mary fut presque surprise qu'il n'ajoutât pas "na !" au bout de sa phrase. Elle haussa les épaules et dit à Merrien qui revenait :

— Tu parles d'un témoin !

Merrien ne releva pas la familiarité du propos :

— Il ne veut rien dire ?

— Si, il dit ce qu'il sait. C'est tout, et c'est peu. Monsieur n'a entendu qu'un coup de feu, alors que son patron a reçu trois balles ! Admettez que c'est un peu fort de café !

— Peut-être qu'il est sourd, dit Merrien.

Bertrand se tourna vers lui le front buté :

— Non, je ne suis pas sourd ! Si je vous dis que je n'ai entendu qu'une détonation, c'est qu'il n'y en a eu qu'une !

— Elle était forte ? demanda Mary.

— Non, très étouffée au contraire. Si je n'avais pas vu Leam s'effondrer, je n'y aurais même pas prêté attention.

— A ce moment, demanda Mary, monsieur La Rivière était bien tourné vers le château ?

— Il était comme il est maintenant, sauf qu'il était debout, naturellement !

— Vous n'avez rien remarqué d'autre ? demanda Mary.

— Non.

— Quelle heure était-il ?

— Onze heures.

— Vous êtes sûr ?

— Onze heures une ou deux peut-être. J'ai regardé l'heure au tableau de bord en arrivant, une vieille habitude, et, le temps que j'aide Leam à descendre, que j'aille au coffre prendre son bagage, il s'est peut-être écoulé une minute ou deux...

Mary se pencha pour regarder l'heure dans la voiture de l'écrivain, puis elle consulta sa montre :

— Synchrones, dit-elle. Puis elle eut un petit rire amer : a été descendu exactement à l'heure où nous visitions la salle "des gens". Nous étions là, Merrien. Vingt minutes plus tôt, nous étions précisément à cet endroit du château. Le maire va encore pouvoir se poser la question : « Que fait donc la police ? ».

Dans le lointain parvenait la sirène d'une ambulance et, aux écuries, le petit train venait de s'ébranler pour sa première promenade de la journée. Le ciel était d'un bleu magnifique, pommelé ça et là de petits nuages blancs.

En contrebas, derrière la chapelle, l'Aulne coulait avec une sage lenteur vers la mer et, dans le camp de vacances, on n'allait pas tarder à mettre les canoës à l'eau. Lucien avait-il déjà des élèves à son école de pêche ? Et d'ailleurs, ce beau temps était-il favorable à la pêche ?

Mary se retourna vers Kéruz le renfrogné :

— Est-ce que vous vous y connaissez en pêche aussi bien qu'en chasse, monsieur Kéruz ?

Le garde la regarda, surpris. C'était bien le moment de parler de pêche !

— C'est bon pour la pêche un beau temps comme ça ?

Le garde regarda la directrice d'un air de lui demander : "Elle est folle ou quoi ? Je dois lui répondre ?". Madame Salmon eut une moue perplexe.

— Ça sera meilleur ce soir, dit enfin le garde.

— Ah ? Pourquoi ?

— Parce que ce soir il y aura de l'orage.

— Et l'orage fait mordre le poisson ?

Le garde morose hocha la tête affirmativement.

Mary regarda le ciel bleu :

— Vous croyez vraiment qu'il y aura de l'orage ?

— Si Robert vous le dit, vous pouvez le croire, dit madame Salmon, question temps, il ne se trompe jamais.

— On a de la peine à le croire, dit-elle, il fait si beau.

— Ça change vite parfois, dit le garde. Et, montrant le

corps de Leamond de La Rivière : tenez celui-là, eh bien, tout à l'heure il était vivant, et maintenant, il est mort !

Jamais devant Mary le garde n'avait prononcé une si longue phrase. Elle se demanda si, tous comptes faits, la mort de l'écrivain ne lui procurait pas une sorte de jubilation.

Le garde ne faisait plus attention à elle. Il se tourna vers madame Salmon et lui demanda :

— Je peux y aller ?

Mais avant que la directrice ait répondu, Mary lui dit :

— Un moment, monsieur Kéruz. Restez donc là, s'il vous plaît.

Kéruz eut un mouvement de révolte :

— Pourquoi ?

— Parce que je vous le demande, dit Mary d'un ton pète sec.

Le garde se tourna de nouveau vers madame Salmon qui, à ses yeux, représentait la seule autorité à laquelle il eût à obéir. Mais avant que la directrice n'eût prononcé un mot, Mary ajouta, très fermement :

— ... et au besoin, parce que je vous l'ordonne !

Le garde la fixa d'un regard étroit, un regard qui disait mieux que tous les commentaires sa désapprobation d'avoir à obéir, lui, Robert Kéruz, petit-fils du chef des gardes du Marquis de Kerjégu et maître du domaine en son absence, sergent-chef d'une section de commando, à une gamine dont il aurait pu être le père. De dépit, il cracha devant lui et tourna ostensiblement le dos à Mary.

L'ambulance arrivait, c'était la même que la veille, avec les mêmes infirmiers.

— Encore lui ! s'exclama celui auquel La Rivière avait demandé, la veille, devant les caméras de la télévision d'ôter sa perfusion. Il y prend goût, ma parole !

— Je crois que cette fois, c'est la dernière, dit Mary. Il est bel et bien mort.

L'infirmier se pencha, prit le poignet de l'écrivain, le

lâcha avec une moue, souleva une paupière du cadavre et dit, cynique :

— Il connaît bien son rôle, il l'a répété hier soir !

La camionnette des gendarmes était, elle aussi, arrivée et les curieux que le petit train venait de déposer devant le château commençaient à affluer, mystérieusement prévenus qu'un drame venait de se produire.

— Tenez les curieux à distance, commanda Mary et, à Merrien : veuillez embarquer monsieur Kéruz. Vous veillerez à lui faire le test de la paraffine.

Le garde, plus sombre que jamais, grimpa dans le fourgon des gendarmes qui s'éloigna, suivi de l'ambulance.

XV

Dans la salle d'honneur du château, il y avait ce qu'il était convenu d'appeler "la boutique". C'était une sorte de librairie aux étagères chargées de livres ayant trait à la culture régionale. On y trouvait également des poteries, des cartes postales, des objets produits par l'artisanat local.

Cette boutique était tenue par une hôtesse assise derrière un comptoir. C'est de ce comptoir que madame Salmon téléphonait au maire pour le mettre au courant de la nouvelle du jour.

Le petit dodu devait trépigner et glapir au bout du fil, car par moments madame Salmon éloignait le récepteur de son oreille avec une grimace douloureuse tout en secouant sa main libre d'une manière très explicite.

Enfin, quand elle put placer un mot, elle coupa court :
— Je vous attends, dit-elle en raccrochant l'appareil.
Puis à Mary avec un regard résigné :
— Il arrive.

oOo

Mary n'avait jamais vu un homme aussi agité. Monsieur Léon, pharmacien de son état et maire de la localité depuis une dizaine d'années n'avait certes pas été préparé à devoir assumer une série de crimes…

Le pauvre homme allait et venait comme une poupée folle et, s'il avait eu des cheveux, il est probable qu'il se les fût arrachés à pleines poignées. Las, il n'avait pas dû trouver sur ses étagères le remède souverain contre la calvitie et son crâne rose luisait au soleil tandis qu'il allait et venait en prononçant des phrases qu'un débit haché rendait incompréhensibles.

Pour un peu, Mary lui eut conseillé de puiser dans son stock de calmants, mais elle préféra le laisser aller au bout de son indignation. Quand il fut à court de souffle, elle le regarda avec pitié. Il portait son costume des grandes circonstances, bleu marine, à quatre boutons et, sur une chemise blanche, une cravate rouge qui s'harmonisait avec le petit point écarlate de la rosette de chevalier de la Légion d'Honneur.

Les autres années, ce salon était le point d'orgue d'une saison d'expositions et de réceptions au château. On a beau être un maire républicain, il est bien flatteur pour un élu de pouvoir recevoir ses hôtes comme un monarque. Peut-être était-ce la raison pour laquelle son poste était si convoité.

Mais aujourd'hui la vie de château tournait au cauchemar. Deux meurtres, dont celui d'un écrivain célèbre, en quarante-huit heures ! Et la police, la gendarmerie, impuissantes à mettre un terme à ces horreurs !

Ne sachant plus à quel saint se vouer, monsieur Léon Hippolyte se tenait debout sur l'allée sablée, les bras légèrement écartés du corps, dans l'attitude de l'homme de bonne volonté qui, n'ayant plus rien à proposer, offre son corps au sacrifice.

Le soleil dardait maintenant et la chaleur devenait intense. Monsieur Léon Hippolyte, pharmacien de première classe, ex interne des hôpitaux de Nantes et maire radical de Châteauneuf subissait en ce radieux dimanche son Golgotha.

Devant lui, deux jeunes femmes : madame Salmon, directrice du domaine de Trévarez et mademoiselle Lester, inspecteur de police. L'adjudant-chef avait disparu, le garde aussi, emportés par la camionnette bleue... Deux femmes, voilà ce qu'il lui restait pour faire échec à un criminel machiavélique qui tuait qui il voulait, quand il voulait. Pour un peu, il en aurait pleuré.

— Si vous voulez venir par ici, monsieur le maire, dit Mary.

Le maire la regarda avec surprise. Comment faisait-elle pour être toujours si calme ? Etait-ce de l'inconscience ? Il la suivit, intrigué, en jetant un regard en biais à madame Salmon. Mary le mena sous le chêne, là où stationnait encore la voiture de Leamond de la Rivière et elle s'arrêta devant la balustrade de pierre :

— Asseyez-vous !

Il la regarda de plus en plus surpris mais obtempéra.

— Pourquoi... balbutia-t-il, et il s'arrêta.

Elle ne répondit pas et répéta doucement :

— Asseyez-vous...

Le maire tâta la pierre moussue d'une main suspicieuse, comme si elle dissimulait une chausse-trappe, fit mine d'en chasser une éventuelle poussière, et s'assit enfin avec circonspection.

— Là, dit-elle d'une voix apaisante, ça va mieux ?

Il la regardait d'un air accablé, ses belles petites mains blanches et potelées de pharmacien posées bien à plat sur ses genoux. Mary lui sourit :

— Pourquoi vous ai-je fait venir ici ?

Sa voix était toujours aussi calme. Qui aurait pu deviner, à son timbre, qu'on nageait en plein drame ?

— Parce qu'on y est à l'ombre, monsieur le maire...

Elle le regardait, toujours souriante et, à nouveau, il se demanda si elle se moquait de lui. Il eut même envie de se pincer pour s'assurer qu'il ne rêvait pas, qu'il était bien éveillé et qu'il était vrai qu'un des plus illustres écrivains français venait d'être assassiné sur les pelouses du parc de "son" château, une heure auparavant.

— Vous devriez tomber la veste, conseilla-t-elle, et puis desserrer votre cravate.

Il s'était attendu à tout, sauf à ça. Cette sollicitude... Il croyait entendre sa fille aînée qui devait avoir à peu près l'âge de l'inspecteur Lester et qui, Dieu merci, n'était pas dans la police, mais terminait sagement ses études de pharmacie pour venir prendre la suite de papa.

— Il fait si chaud, dit-elle, en restant en plein soleil, vous risquez l'insolation.

Hippolyte Léon déboutonna son beau veston croisé et desserra sa cravate. Mary lui tendit un kleenex qu'il refusa, sortant de sa poche de pantalon un mouchoir. Il s'épongea le front en soupirant.

— Ça va mieux ?

Le maire hocha la tête. Il sentait sous ses fesses la fraîcheur de la pierre et une faible brise l'enveloppa délicieusement.

Mary s'assit près de lui.

— Ça ne sert à rien de s'énerver comme ça, monsieur le maire ! Savez-vous que vous m'avez fait très peur ?

Il la regarda, méfiant. Qu'allait-elle encore sortir ? Cette fille était imprévisible ! Hier, elle l'avait repris avec une vigueur qui frisait l'insolence devant ses amis politiques et aujourd'hui, elle était pleine d'attentions.

— J'ai bien cru que vous alliez avoir une attaque ! Il y a bien assez de victimes et nous avons besoin de vous !

— Pfff... souffla-t-il, besoin de moi... Je me demande parfois à quoi je sers !

— Je vous le dirai en temps utile, fit-elle toujours calme.

Il la regarda :

— Et vous, qu'allez-vous faire maintenant ?

— Qu'allons-nous faire, voulez-vous dire. Eh bien, tout d'abord nous allons rester ici quelques instants reprendre nos esprits, et ensuite nous retournerons aux écuries.

— Mais... mais... Il montrait le château d'une main

tremblante. L'assassin… Il est peut-être encore là-dedans…

— Il y a été, dit-elle, il y a été le temps de tuer Leamond de la Rivière, mais maintenant il est loin.

— Comment le savez-vous ?

A son tour elle considéra les hautes murailles rouges d'où descendaient des gouttières de bronze ouvragé.

— J'ai visité le château ce matin, monsieur le maire, ou plutôt, j'ai visité une partie du château : les sous-sols, quelques salons aux étages, une partie des greniers.

— Et alors ?

Elle ne répondit pas tout de suite. Devant eux se tenait la directrice qui ne savait quelle contenance tenir.

— Pouvez-vous aller nous chercher une bouteille d'eau, s'il vous plaît, madame Salmon ?

— Bien sûr, dit-elle, ravie de pouvoir bouger, d'échapper ne fut-ce qu'un instant à cette étrange atmosphère.

Quand elle se fut éloignée, Mary se retourna vers le maire :

— Alors ? Mais c'est immense ! Immense et en très mauvais état.

Elle se pencha vers lui et dit sur le ton de la confidence :

— Il y a quelqu'un qui squatte le château !

— Non ! fit-il incrédule. Mais il y a de quoi…

— Se casser le cou, je sais. Cependant, celui qui se balade là-dedans la nuit connaît particulièrement bien les lieux.

A nouveau elle baissa le ton en jetant un regard furtif autour d'elle :

— Nous étions dans le château quand Leamond de La Rivière a été tué !

— Mais alors… fit le maire.

Il était dit qu'il ne finirait pas ses phrases.

— Je suis persuadée que le meurtrier ne nous a pas perdus de vue pendant toute notre visite. J'ai eu la curieuse impression que quelqu'un nous surveillait et il est bien possible que si j'y étais allée toute seule, "on" aurait pu m'aider à descendre ces escaliers en ruine plus vite que je ne les avais montés. A nouveau elle regarda autour d'elle comme si elle craignait d'être épiée et le maire, surprenant son regard, s'exclama :

— Vous pensez qu'"il" est encore là ?

— Qui sait, monsieur le maire. Depuis que je suis arrivée dans ce château, j'ai une curieuse impression, celle d'être épiée en permanence. Hier soir, quand je cherchais à entrer dans le parc…

— Je sais, dit à son tour le maire, Kéruz vous a surprise.

— Oui, et j'ai eu une peur bleue, mais peut-être m'a-t-il sauvé la vie !

— Que voulez-vous dire ?

— J'avais le sentiment d'une présence hostile autour de moi…

— C'était dû aux circonstances, tenta d'expliquer le maire. Le bois, la nuit, n'est pas rassurant, surtout pour une jeune fille qui vient de la ville… Il y a toutes sortes de bruits inconnus auxquels vous n'êtes pas habituée.

— Peut-être… N'empêche que cette présence hostile, je la sens encore maintenant, et il est midi, et je suis en compagnie d'un homme…

A nouveau elle regarda le château, le parc, les bois qui l'entouraient :

— Il y a tant d'endroits où se cacher…

Madame Salmon revenait, portant une bouteille d'eau minérale et deux gobelets en plastique ; Mary posa les gobelets sur le rebord de pierre, entre le maire et elle, et Madame Salmon les remplit.

Ils en prirent un chacun et le maire, la force de l'habitude sans doute, tendit son gobelet vers Mary, comme pour trinquer. Quand ils eurent bu, Mary humecta un de ses mouchoirs en papier et s'en tamponna le visage.

— Je crois que je vais faire comme vous, dit le maire. cette chaleur est insoutenable.

Madame Salmon attendait, la bouteille à la main.

— Maintenant, dit Mary au maire en souriant, vous devriez resserrer un peu votre cravate et remettre votre veste, nous allons retourner au salon des écrivains. Si je peux me permettre un conseil, monsieur le maire, soyez détendu.

Il protesta :

— Détendu ! Vous en avez de bonnes ! Vous trouvez que j'ai des raisons d'être détendu ?

— Oui, car l'enquête progresse !

— Vous trouvez ?

— Bien sûr !

Et comme il la considérait d'un air de dire : « Quelle nana ! », elle ajouta en chassant de la main quelques brindilles attachées à la veste du maire :

— Aujourd'hui nous avons fait un grand pas en avant. L'assassin commence à se découvrir.

Le maire la laissa faire et la remercia. C'était un geste naturel comme aurait pu le faire sa femme ou sa fille. Il demanda posément, car cet instant de détente que lui avait imposé Mary l'avait calmé et lui avait permis de retrouver toute sa lucidité :

— Combien de pas faudra-t-il encore pour l'arrêter ? Parce que si chaque pas que nous faisons en avant, comme vous dites, est jalonné d'un cadavre, parlez d'un massacre !

— A la bonne heure, dit Mary enjouée, vous commencez à retrouver votre humour ! Voyez-vous, monsieur le maire, le plus beau cadeau que nous puissions faire à l'assassin, ce serait de perdre notre sang-froid. Ce n'est désormais plus qu'une question d'heures, on le tient ! Il lui lança un long regard plein de doute : il aurait aimé en être sûr.

oOo

Quand ils pénétrèrent sous la grande verrière qui abritait les stands pleins de bouquins, le maire avait retrouvé sa rondeur joviale de notable de province ou du moins, il parvenait à donner le change ; il s'en fut alors serrer les mains de ses administrés et s'entretenir avec eux des derniers événements de la matinée.

Il le faisait d'un air grave et entendu, mais rien ne transparaissait plus de cette panique qu'il avait manifestée une heure plus tôt. Il donnait l'image rassurante d'un responsable confronté à un grave problème, mais qui assume pleinement la situation et la domine.

Madame Salmon s'approcha de Mary et, montrant le maire du menton :

— Je ne sais pas ce que vous avez bien pu lui dire, mais ce n'est plus le même homme... Vous nous l'avez transformé !

— Secret professionnel, dit Mary.

— Chapeau ! dit la directrice en s'éloignant.

Mary fit le tour des stands, la grande verrière était transformée en ruche bourdonnante. Un rayon de livres anciens l'arrêta un instant, puis elle regarda un curieux couple formé d'une vieille femme aux cheveux de neige portant sur ses bras un négrillon d'un noir d'ébène qui roulait de grands yeux étonnés. On ne voyait que ses dents éclatantes et le blanc de ses yeux. Touchant tableau. Mary leur sourit et ne put s'empêcher, au passage, de caresser la petite tête crépue.

Puis il y eut l'inévitable groupe de japonais babillants et bardés d'appareils de photos et de caméscopes, suivant leur guide qui portait, en guise de signe de ralliement, un ballon de baudruche rouge au bout d'une canne. Parmi eux, une sorte de géant les dépassait tous de deux têtes. Mary les suivit du regard, s'attardant à cet asiate hors norme et elle se fit une réflexion qu'immédiatement elle jugea stupide : « J'ai déjà vu ce type quelque part ! ».

Le type passa devant elle. Un sourire niais qu'il semblait arborer en permanence découvrait de longues dents jaunes ; le groupe, poursuivant son chemin, sortit dans le parc. La littérature française ne devait pas les intéresser outre mesure, ils étaient venus pour voir les jardins et l'architecture du château.

Il était midi et demi. Mary retourna à son hôtel.

XVI

Quand elle revint à la gendarmerie, après avoir déjeuné, elle trouva l'adjudant-chef Merrien dans son bureau.

— Cette fois il est bien mort, dit-il en levant les yeux sur elle.

— En aviez-vous douté ?

Il souffla :

— Avec des types comme ça on peut s'attendre à tout !

— On dirait que vous lui en voulez encore !

— Mais non… Cependant ce n'est plus désormais une enquête pour nous. Mon patron va arriver d'un moment à l'autre et je ne serais pas surpris que le S.R.P.J. de Rennes prenne désormais les choses en main.

— Hé là, dit Mary, qu'est-ce qui vous fait dire ça ?

— L'expérience, mademoiselle, l'expérience… Qu'un modeste conférencier comme Toullec se fasse trouer la peau, tout le monde s'en fout. Pour mener l'enquête un brave con de gendarme - passez-moi l'expression - et un jeune inspecteur de police suffisent bien. Mais maintenant qu'une personnalité de premier plan s'affiche au tableau de chasse, maintenant qu'on en parle aux 20 heures à la télé nationale, changement de programme ! Vous allez voir les gros bras débarquer. Nous étions bons, nous deux, à nous faire ridiculiser par ce fumiste Leamond de La Rivière…

Mary lui fit les gros yeux :

— Merrien, un peu de déférence pour les morts !

— Déférence mon… il marmonna le dernier mot jusqu'à

le rendre inintelligible mais Mary crut reconnaître une expression chère à Zazie. Décidément, l'adjudant-chef avait la rancune tenace !

Et il ajouta, mais cette fois haut et clair :

— La seule chose qui me console, c'est que maintenant, il n'emmerdera plus personne !

Et, ayant réfléchi un nouvel instant :

— C'est égal, il aurait bien pu aller se faire flinguer ailleurs ! Croyez-moi, ils vont bien rigoler les flics de choc quand ils vont se pointer. On va passer pour des rigolos auprès d'eux...

— Rira bien qui rira le dernier, dit Mary.

Ses lèvres, tirées par la contrariété, ne formaient plus qu'une mince ligne et, s'il l'avait mieux connue, Merrien aurait compris que la gamine ne se laisserait pas piétiner sans réagir.

Cependant, elle dut convenir que Merrien avait raison. Les autorités ne pouvaient admettre qu'en pleine saison touristique, on puisse prendre les hommes de lettres pour des pipes en terre.

Quelques instants plus tard, le téléphone sonna dans le bureau de Merrien, et l'adjudant-chef, après avoir décroché lui tendit l'appareil :

— Votre commissaire.

Mary saisit le combiné et reconnut aussitôt la voix de Lebret :

— Dites donc, ça devient dangereux, votre secteur !

— Eh oui, patron...

— Si j'ai bien compris, la Rivière s'est fait tirer presque sous vos yeux ?

— Vous avez bien compris... Nous étions sur les lieux, à un quart d'heure près, nous aurions pris l'assassin sur le fait.

— Manque de chance regrettable, dit Lebret.

— Non, pas manque de chance, répondit Mary, je suis

persuadée que ce type n'a pas perdu un seul de nos gestes… Il a attendu que nous nous éloignions dans l'autre aile du château pour exécuter La Rivière.

Il y eut un silence au bout du fil. Elle reprit :

— Vous savez, ce château est immense… De plus, il est en très mauvais état. On ne peut atteindre les étages sans risquer de se casser le cou.

A nouveau un silence. Lebret réfléchissait.

— Ça implique, dit-il enfin, que ce type connaît parfaitement les lieux.

— Je pense qu'il y vit, dit Mary. J'ai retrouvé un coin sous les toits où il y a une sorte de lit de cartons qui porte encore la trace d'un corps, et des reliefs de repas. J'ai prélevé des boîtes de conserve vides pour faire relever les empreintes.

— Et l'arme du crime ?

— L'arme ou les armes, dit Mary. Mystère pour le moment. Une chose paraît établie, le chauffeur qui a été témoin du meurtre prétend n'avoir entendu qu'une détonation.

— Et pourtant il y a trois balles ?

— Oui, exactement comme pour Toullec. Reste à savoir si elles proviennent des mêmes armes.

— C'est tout de même troublant, cette histoire des trois balles différentes, dit Lebret. Enfin, j'ai été avisé que le divisionnaire Allain était détaché sur le site et qu'il allait prendre les choses en main. Dès qu'il sera là, vous vous mettrez à sa disposition.

— Bien, monsieur le commissaire, dit Mary d'une voix blanche.

Elle reposa lentement le combiné.

— Vous aviez raison, Merrien, les cow-boys arrivent ! Et, après un silence :

— Au fait, et le test de la paraffine sur Kernuz ?

— Positif, dit Merrien.

— Ah !

— Ne vous réjouissez pas trop vite, inspecteur. Kéruz tire à la carabine presque tous les jours. Il est autorisé à détruire les nuisibles, et en particulier les corbeaux qui sont trop nombreux dans ces bois.

— Qu'en avez-vous fait ?

— Relâché. Il a dû reprendre ses fonctions.

— Et les empreintes digitales sur les boîtes de conserve ?

— Il semble qu'elles appartiennent toutes au même individu, mais il n'a jamais dû avoir à faire à la police. On n'en trouve pas trace au fichier.

Et, remarquant l'air déçu de Mary il essaya de la consoler :

— De vous à moi, je n'ai jamais cru à la culpabilité de Kéruz…

— Il y a pourtant bien un coupable, dit-elle avec humeur, et, dans le peloton des suspects, il tient la tête, largement.

— Vous vous trompez inspecteur, ce n'est pas Kéruz. Ce ne peut pas être lui !

— Peut-être avez-vous raison, dit-elle enfin, mais il sait des choses…

— Ça, dit le gendarme, c'est bien possible, mais pour lui arracher un mot à celui-là quand il a décidé de se taire…

Il regarda Mary en souriant :

— Même les Viets n'ont pas pu en tirer un son quand il a été fait prisonnier. Alors nous, qui n'avons pas leurs arguments, on n'est pas près de mieux faire…

oOo

Le commissaire divisionnaire Allain - quadragénaire de taille moyenne, au regard froid - avait la réputation d'être un flic énergique. Réputation qu'il cultivait, faisant preuve d'un autoritarisme de tous les instants, montrant bien à chacun que le patron, c'était lui. Il avait d'autorité investi le bureau voisin de celui de Merrien et semblait décidé à mener les choses rondement. Mary et l'adjudant-chef avaient été priés de livrer le fruit de leurs investigations non pas comme des enquêteurs, mais comme des témoins vaguement suspects.

Et, quand ils eurent fini, le divisionnaire avait haussé les épaules en disant :

— Tout ça et rien, c'est pareil !

Et, sans plus s'inquiéter de ceux qu'il venait d'interroger, il avait beuglé à son adjoint Balanec qu'il appelait Banane :

— Banane, il n'y a rien au dossier, il faut tout reprendre à zéro !

Ce qui était très délicat pour Mary et Merrien. Mais le divisionnaire Allain n'était pas payé pour être délicat. Il était là pour arrêter des coupables et sa technique afin d'y parvenir s'apparentait plus à celle du rouleau compresseur qu'à celle de Sherlock Holmes.

Une heure après son arrivée, deux cars avaient débarqué une centaine de C.R.S. et Allain avait aussitôt donné des ordres pour que soit entreprise une fouille en règle du château. Un maître chien faisait partie de la troupe et on avait fait renifler au berger allemand les restes des repas qui demeuraient encore sous les combles.

Mary aurait bien voulu accompagner les C.R.S. dans leur fouille, mais Allain lui avait ordonné, d'un ton comminatoire, de rester à la gendarmerie et de se tenir à sa disposition.

Elle s'était rabattue sur le bureau de Merrien.

— Me voilà sur la touche, dit-elle en regardant par la fenêtre.

Des voitures allaient et venaient dans la cour, des hommes en sortaient, puis repartaient et elle ne savait rien de l'évolution de l'enquête.

Merrien faisait mine d'annoter des paperasses et elle avait l'impression qu'il n'était pas fâché d'être déchargé d'une responsabilité qui dépassait ses compétences.

A cinq heures de l'après-midi l'atmosphère s'était

alourdie et le fond de l'horizon s'était couvert de gros nuages noirs. Mary se dit que Robert Kéruz avait un bon pif pour la météo : un orage de belle venue se préparait.

Elle sortit dans le couloir et, par la porte entrouverte, elle croisa le regard sévère du commissaire Allain.

— Entrez, beugla-t-il rudement.

Elle poussa la porte et se montrant du doigt :

— Moi ?

— Oui, vous. Euh... inspecteur...

— Lester, dit-elle.

— C'est ça, inspecteur Lester !

Et comme Mary entrait, un pas pressé se fit entendre dans le couloir. Le commissaire se leva et s'en fut à la porte.

— Ah, monsieur le maire.

Monsieur Léon entra à son tour et fit un petit signe de tête à Mary tandis que le commissaire lui offrait une chaise, oubliant Mary qui resta debout.

— Alors ? demanda le maire en s'asseyant pesamment.

Le commissaire retourna derrière la table qui lui servait de bureau.

— Nous avons fouillé tout le château. Rien... Rien à part les boîtes de conserves découvertes par mademoiselle.

— Lester, dit Mary.

— Lester, fit le gendarme en écho. Le chien n'a trouvé aucune piste. Il semble, comme le pense également l'adjudant-chef Merrien, que ces résidus de casse-croûte datent des travaux. Les ouvriers probablement...

Il regarda Mary sans sourire, comme s'il l'accusait de l'avoir volontairement conduit sur une fausse piste.

Elle ne broncha pas et le commissaire poursuivit :

— Néanmoins, il est indéniable que la Rivière a été tiré d'une des fenêtres de l'aile nord du château.

— Avez-vous retrouvé les étuis ? demanda Mary.

— Non, fit le commissaire d'une voix brève en la regardant comme pour lui reprocher d'avoir osé parler sans son autorisation, mais, d'après le trajet de pénétration des balles, nous pourrons déterminer de quelle fenêtre elles ont été tirées.

— De la fenêtre de droite de la tour, au premier étage, dit Mary.

Le commissaire et le maire la regardèrent avec un ensemble touchant. Puis le commissaire la regarda, ironique :

— Belle certitude ? Peut-on savoir sur quoi elle est fondée ?

— Les carreaux de cette fenêtre sont cassés, dans les autres étages ils sont intacts.

— Ah, dit le commissaire en la regardant par en dessous.

— Sur cette façade, les autres fenêtres ont toutes leurs vitres, poursuivit Mary, et comme ces fenêtres n'ont pas été ouvertes depuis des années, elles sont bloquées, je l'ai vérifié ce matin. L'assassin n'aurait pas pu ouvrir une fenêtre sans se faire remarquer.

— Eh, fit le divisionnaire en la regardant les yeux mi-clos, et s'il l'avait ouverte bien avant pour la refermer ensuite ?

— Non, dit Mary catégorique.

— Et pourquoi, je vous prie ?

Il avait adopté un ton de politesse glacée pour mieux faire sentir son hostilité à la jeune femme.

— La Rivière n'a été tué à cet endroit que parce que les circonstances s'y sont prêtées.

Le maire suivait le duel entre les deux flics la bouche ouverte. Son regard allait de Mary à Allain au fil des répliques comme on suit les échanges dans un match de tennis et pour un peu, il se serait écrié comme sur un court : Avantage Lester... Avantage Allain.

Le commissaire entendait bien rester le patron, mais pour le moment, la petite Lester qui s'était fait bien secouer d'entrée de jeu marquait des points. Allain était sur la défensive.

— Qu'est-ce qui vous fait dire ça ? demanda-t-il de la même voix trop calme.

Tout aussi calme, Mary répondit :

— Tout le temps qu'a duré notre visite du château, il nous a suivis.

— Tiens donc ! Vous l'avez vu ?

Mary ignora l'ironie du propos.

— Non, mais j'ai, tout au long de cette visite, ressenti une impression bizarre, comme le poids d'un regard !

— Le poids d'un regard !

Maintenant le commissaire se moquait ouvertement d'elle. Il se tourna vers le maire :

— Vous ne saviez pas que vous aviez un château hanté sur votre commune, monsieur le maire !

Le regard embarrassé du maire allait du commissaire à Mary. Elle n'avait pas baissé les yeux et regardait le commissaire Allain avec une certaine impertinence qui l'agaça :

— Nom de Dieu, Lester, vous êtes flic ! Qu'est-ce que c'est que ces impressions, ces histoires du poids d'un regard ? Ce qu'il nous faut, ce sont des preuves ! Un coupable et des preuves ! Je ne vois que ça moi ! Alors, vos éclairs de génie, vos affirmations (il l'imita) : "le coup de feu a été tiré de la deuxième fenêtre" (ce qui n'est qu'une hypothèse), ça ne nous avance pas !

— Ça ne nous avance peut-être pas monsieur, dit Mary pincée, mais ce n'est pas, comme vous le dites, qu'une hypothèse que j'émettrais à la légère pour me faire mousser. Le coup de feu n'a pu être tiré que de cette fenêtre.

Le commissaire Allain la regardait maintenant comme on regarde un enfant entêté et mal élevé.

Mary ne s'en soucia pas :

— Au cours de leur fouille, vos hommes ont-ils remarqué qu'une de ces fenêtres avait été forcée ?

— Je ne sais pas, dit Allain à regret, ils n'ont pas dû regarder ça, ils recherchaient un homme…

— Bien sûr, dit Mary. Il faudrait vérifier, mais ça me paraît bien improbable... Le coup ou plutôt les coups de feu n'ont pu être tirés que de la fenêtre de droite...

— Pourquoi de droite, demanda le maire à son tour, puisque vous nous dites que les deux fenêtres de cet étage ont perdu leurs carreaux...

— Parce que, dit Mary, de là où se tenait monsieur de La Rivière, on ne voit pas la fenêtre de gauche, elle est masquée par la tour d'angle.

— Peu importe d'où sont partis les coups, dit le commissaire avec humeur, ce qui importe c'est qu'un assassin se balade dans ce domaine et qu'il aurait fallu, dès le premier crime, le faire fouiller minutieusement...

« Et toc, se dit Mary, prends ça ma vieille !».

— Je vous garantis, dit le commissaire Allain, qu'avec une centaine d'hommes dans le parc, le tireur va hésiter à renouveler ses exploits.

Le maire, à son tour, regardait Mary avec reproche. Connaissant son fichu caractère, elle allait se rebiffer, c'était sûr. Mais elle ne dit pas un mot et, comme le regard des deux hommes restait fixé sur elle, elle tenta de se justifier :

— Sur quoi me serais-je appuyée pour obtenir la compagnie de C.R.S. qui vous accompagne, monsieur le divisionnaire ? Je vous rappelle que, jusqu'à hier au soir, j'enquêtais sur un meurtre et que rien ne permettait de penser qu'un second crime allait être commis. En plus, la mauvaise farce que nous a jouée La Rivière devant les caméras...

— A ce propos, fit Allain sarcastique, peut-être auriez vous pu, avant d'appeler le SAMU, vous assurer de l'état de la victime ?

— J'avoue que je me suis laissée prendre, dit Mary, mais je n'étais pas la seule ! Il y avait, sur ce bateau, deux médecins, un pharmacien - monsieur le maire ici présent - et quand le SAMU est arrivé, personne n'a pensé à vérifier si les blessures étaient réelles ou simulées. Le médecin a simplement constaté que le cœur battait encore, il a donné les soins d'urgence et a fait partir l'ambulance sur Brest au plus vite !

— Et vous vous êtes couverte de ridicule, dit Allain.

— Peut-être, dit Mary, mais qu'aurait-on dit si je lui avais administré la paire de baffes qu'il méritait ? Imaginez qu'il ait été réellement blessé...

— C'était bien délicat en effet, hasarda le maire.

Et Mary enfonça le clou :

— Figurez-vous que, ce matin, j'ai dû empêcher Merrien de secouer le cadavre ! Il était persuadé que La Rivière renouvelait sa mauvaise plaisanterie.

Et le maire répéta bêtement :

— C'est bien délicat !

Puis, ne trouvant rien d'autre à dire, il se leva et, s'adressant à Allain :

— Tenez-moi au courant, commissaire.

Allain acquiesça d'un hochement de tête.

Mary en profita :

— Vous avez encore besoin de moi, commissaire ?

— Pourquoi ? demanda Allain toujours abrupt.

— Je voudrais accompagner monsieur le maire.

Il eut un geste désinvolte de la main qui pouvait signifier : « Pourquoi donc aurais-je besoin de vous ? » et murmura :

— Si vous voulez.

Mary sortit sur les pas du maire dans le crépuscule qui tombait. Au loin on entendait gronder un orage qui ne se décidait pas à éclater. Monsieur Léon s'épongea le front de son grand mouchoir.

— Il fait lourd, dit-il.

Mary acquiesça :

— Je vais au château, monsieur le maire.

— Le maire eut un geste las, découragé, une manière de dire : « Faites donc ! ».

— Vous ne voulez pas venir avec moi ?
— Pour quoi faire ? Il n'y a plus personne là-bas.
— Qui sait... Venez donc, ça ne sera pas long, je vous emmène.

Le maire regarda la petite Austin et sourit :
— Ma fille a la même.
— Allez, venez, dit Mary.

Quand ils montèrent dans la Mini garée devant la gendarmerie, quelques lourdes gouttes creusèrent de gros cratères dans la poussière du chemin. Dans le lointain des éclairs illuminaient le crépuscule.

A leur arrivée, l'exposition était fermée. Cependant il restait quelques personnes sous la grande verrière encore brillamment illuminée : madame Salmon, deux conseillers municipaux et l'inspecteur principal Balanec.

Le maire s'adressa à lui d'un mot dont il faisait, depuis deux jours, un abondant usage :
— Alors ?
— Les C.R.S. sont cantonnés autour du château, dit Balanec, il ne nous reste plus qu'à espérer que votre gus se manifeste. Mais, si vous voulez mon avis, il se gardera bien de bouger...
— Vous allez être satisfait, monsieur le maire, dit Mary, cette fois on a mis le paquet, comme vous le souhaitiez...
— Si ça pouvait éviter de nouveaux meurtres, dit le maire.
— Excusez-moi, dit Balanec en quittant le groupe, j'ai à faire, je vais m'assurer qu'il n'y a pas de trou dans le dispositif.

Quand il fut sorti, Mary dit doucement :
— Je crains bien malheureusement que ça n'évite rien...
— Tout de même, s'insurgea le maire, avec une centaine d'hommes dans le parc et dans le château.
— Mais il est immense votre château, dit Mary, et plus immense encore votre parc ! Qu'est-ce que c'est que cent

bonshommes là-dedans ! Contre un type qui connaît chaque pouce de terrain, RIEN ! Ce qu'il faudrait...

Elle s'arrêta net, une idée venait de lui traverser l'esprit :

— Vous avez la liste des entreprises qui ont travaillé à la réfection du château ?

— Ben oui, dit le maire surpris par ce coq à l'âne, pourquoi ?

— Comme ça, dit elle, une idée... Vous pouvez me la fournir ?

— Maintenant ?

— Ben oui, maintenant !

— C'est que...

Il consulta sa montre :

— Il est déjà vingt heures...

— Et alors, dit Mary, je vous rappelle qu'on mène une course contre la montre, contre un tueur. Dans ces cas-là il n'y a pas d'heure qui tienne.

Un des adjoints intervint :

— Je peux m'en occuper, monsieur le maire, j'ai suivi tous les travaux du château, je sais où sont les dossiers.

— Eh bien, allons-y, dit Mary, qu'est-ce qu'on attend ?

XVII

Le bureau où le conseiller municipal avait conduit Mary sentait le vieux papier et la poussière. Contre les murs il y avait des classeurs et l'obligeant adjoint qui se nommait monsieur Pommel eut tôt fait de trouver le dossier afférent aux travaux du château.

— Que voulez-vous savoir précisément ? demanda-t-il à Mary en prenant la lourde chemise cartonnée fermée par une sangle de toile.

— Simplement le nom, l'adresse et le numéro de téléphone des entreprises qui ont participé à la réfection du château. Et, si possible, l'adresse personnelle des responsables de ces entreprises et leur numéro personnel.

— Pour les entreprises, dit Pommel, ça va être facile : les noms sont sur la chemise. Pour le nom des patrons, ça risque d'être un peu plus ardu. J'en connais bien quelques-uns, ceux des entrepreneurs de la région…

Il sourit à Mary et précisa :

— Je suis moi-même entrepreneur…

— Vous avez travaillé au château ? demanda Mary.

— Non.

— Pourquoi ? Ça ne vous intéressait pas ?

— Que si, dit Pommel, mais comme je suis adjoint au maire chargé des bâtiments de la commune, j'ai préféré ne pas soumissionner. Si j'avais été retenu, il n'aurait pas manqué de mauvaises langues pour dire que j'avais profité de ma fonction pour me faire attribuer ces marchés.

— Eh bien dites donc, fit Mary, ce n'est pas avantageux d'être élu ! Vous ne faites donc jamais de travaux sur les bâtiments publics ?

— Jamais, dit Pommel, mais je connais le métier et ça me permet de savoir quand un travail est bien fait et quand il ne l'est pas. Croyez-moi, je ne fais pas de cadeaux à mes confrères !

Voyant Mary sortir son calepin pour noter les adresses, il prit la chemise et brancha une prise :

— Je vais vous faire une photocopie, ça ira plus vite.

Quand la photocopie fut sortie, Mary la prit et, lisant les noms, elle demanda :

— Qui a refait la charpente ?

— Une boîte de Quimper.

Et il se lança dans des considération certainement fort intéressantes sur les techniques de construction, le château avait été pourvu d'une charpente métallique, du jamais vu à l'époque. Mais, si intéressantes qu'elles fussent, ces précisions n'intéressaient pas Mary.

— Le patron ? s'enquit-elle brièvement.

— Emile Durand, dit monsieur Pommel. Mais je ne sais pas où vous pourrez le toucher un dimanche à vingt et une heure.

Mary nota sans commentaire et, toujours brève, demanda de nouveau :

— La couverture ?

— Pardon ? demanda Pommel.

— Les ardoises, s'impatienta Mary, qui a posé les ardoises ?

— Ah, les ardoises… Eh bien c'est Péchaud, Justin Péchaud, un couvreur de Châteaulin. C'est une entreprise agréée par les monuments historiques.

— Vous savez où il habite ?

— Bien sûr, c'est un copain. J'ai été reçu chez lui plusieurs fois.

— Parfait ! On va l'appeler...
— A cette heure ? dit Pommel effaré.
— Il n'est pas si tard, fit Mary en consultant sa montre. Mais au fait...

Elle baissa la tête un instant comme si elle réfléchissait intensément.

— Si vous le connaissez si bien que ça, monsieur Pommel, vous connaissez aussi ses ouvriers.

Pommel se mit à rire :

— C'est pas bien difficile, ils sont trois, en plus du patron. Il y a Vincent Pignon, qui était déjà là du temps du père Péchaud. Il doit approcher de la retraite. Bernard Gara, un jeune, compagnon du tour de France et puis le Viet.

— Le Viet ? Quel Viet ?

— Un Vietnamien, Diem Van je ne sais pas quoi, un nom à coucher dehors... Tout le monde ici l'appelle le Viet mais il est Français comme vous et moi. Il est arrivé ici en 54 ou 55 avec sa mère, il était encore bébé.

— Et sa mère ? demanda Mary soudain intéressée.

— Elle vit toujours. Elle a travaillé dans un abattoir de poulets, mais maintenant elle est en retraite.

— Vous savez où elle habite ?

— Dans une vieille maison, au bord du canal.

— Son fils vit avec elle ?

— Il me semble que oui.

— Il est marié ?

— Non, célibataire.

— Et physiquement, il est comment ?

— Plutôt grand pour un Viet, vous savez d'habitude ces gens-là sont petits, eh bien, lui, il doit faire près d'un mètre quatre-vingt-dix.

Mary devait faire une drôle de tête car Pommel soudainement la regarda avec curiosité :

— Mais pourquoi ce Viet vous intéresse-t-il ?

Entendit-elle la question ? Pas sûr. Elle était plongée dans un abîme de réflexions.

— Vous pouvez me conduire à leur maison, monsieur Pommel ?

— Ben oui, dit Pommel. Mais pourquoi ?

— Allons-y ! Allons-y, fit-elle soudain pressée.

— Mais, dit Pommel en montrant son carton, et les autres entreprises ? L'électricien… Le plombier… Le menuisier…

— Laissez, laissez monsieur Pommel. Venez vite !

— Ah, protesta Pommel qui ne comprenait rien à cette précipitation, il faut tout de même bien que je range ! Je ne peux pas abandonner ce dossier…

Il prit le temps de reclasser ses papiers bien posément, puis de fermer la porte de la mairie à clé.

Mary bouillait d'impatience.

— Venez, dit-elle, je vous emmène !

Il se casa dans la petite voiture et Mary démarra en trombe tandis qu'il se cramponnait à son siège, pas trop rassuré. La petite voiture se lança dans les lacets de la route en faisant crisser ses pneus.

— Eh, pas si vite ! protesta l'adjoint. Elle est là depuis quarante ans la Viet, elle ne va pas se sauver !

Sans tenir compte de l'interruption, Mary redemanda :

— Au bord du canal avez-vous dit ?

— Oui.

— Dans une des petites maisons du côté de la cale ?

— Non, en face, juste en face, près du vieux pont. Une vieille baraque isolée cernée de hautes haies.

Ils approchaient du pont et Pommel tendit le bras :

— Tenez, là…

Mary s'arrêta sur le parking de l'auberge de Tal Ar Pont dont la terrasse dominait le canal, juste en face de l'embarcadère de la péniche Saint-Christophe. Son coup de frein fut si brutal que la voiture chassa sur quelques mètres pour s'arrêter au bord de l'à-pic. Quelques centimètres de plus et ils basculaient dans le canal.

Le bon monsieur Pommel n'était pas habitué à être secoué de la sorte. Il soupira en s'épongeant le front :

— Eh bien, vous alors !

Déjà Mary manœuvrait pour traverser la route et redescendre vers le café de l'écluse, devant l'école de pêche. Elle roulait doucement maintenant, presque au pas, attentive à trouver un endroit d'où elle aurait pu voir la petite maison.

— Elle est juste à l'entrée du vieux pont, s'exclama-t-elle.

— C'est ça, dit Pommel. Mais que lui voulez-vous au juste au Viet ?

— Rien, dit-elle, les yeux fixés sur la masure, car c'était bien d'une masure qu'il s'agissait. Une hypothèse un peu hasardeuse que je vérifie.

— C'est un brave type ce Viet, vous savez, dit Pommel. Pas causant, c'est sûr, mais dur au boulot. Il travaille chez Péchaud depuis bien longtemps, et Justin en est très content.

— Est-ce qu'il fume ? demanda Mary.

Loisel la regarda curieusement et demanda non moins curieusement :

— De l'opium ?

— Mais non ! du tabac tout simplement, comme vous et moi.

— Moi je ne fume pas, dit Pommel.

— Moi non plus ! fit Mary s'efforçant de rester calme. Mais votre Viet, là, est-ce qu'il fume la cigarette ?

— Je crois bien, oui.

— Des Chesterfield ?

— Des quoi ? demanda Pommel en plissant le front.

— Des cigarettes américaines, des longues, à bouts dorés…

— Des bouts dorés ?

— Des bouts dorés, oui.

Pommel hésita :

— Vous voulez dire des bouts en liège ?

— Appelez ça comme vous voudrez. Bouts dorés, de liège ou bouts filtre...

— Je crois bien que oui... marmonna monsieur Pommel, le front plissé par l'effort de mémoire qu'il s'imposait.

Mary resta silencieuse un moment et l'adjoint au maire ayant respecté son temps de réflexion demanda :

— Qu'est-ce qu'on fait maintenant ?

— Maintenant, dit Mary en lançant son moteur, je vous ramène à votre voiture en vous remerciant de votre précieux concours.

Le conseiller municipal chargé des travaux s'était-il attendu à être associé à la poursuite de l'enquête ? Il ouvrit la bouche comme pour protester d'être congédié de la sorte, mais finalement resta muet.

— Ah, dit-il enfin, c'est tout ?

Il y avait du dépit dans sa voix.

— Pour ce soir oui... Je vous remercie infiniment pour l'aide que vous m'avez apportée, monsieur Pommel.

Quand le conseiller municipal fut descendu, à regret, de l'Austin, elle s'en retourna vers le pont et se gara là où elle s'était arrêtée tout à l'heure.

Dans les petites maisons, tout le monde semblait dormir. Les vieux se couchaient de bonne heure. Seule une fenêtre était éclairée par la lueur blafarde d'une télévision.

Mary descendit de la voiture et ferma sa portière sans la claquer. Puis elle s'engagea sur le vieux pont pour s'approcher de la maison. L'air était doux et le silence n'était troublé que par quelques rares voitures traversant le pont de béton. Dans le lointain, au-delà des collines, il y avait de temps en temps des lueurs d'éclairs mais on n'entendait plus les grondements du tonnerre. L'orage s'était éloigné sans avoir éclaté.

A ses pieds le canal s'écoulait si doucement qu'on avait

l'impression que la masse liquide était parfaitement immobile mais en y regardant bien, on apercevait, autour des piles du pont, de petits friselis qui dénonçaient un lent déplacement de l'eau.

La maison était posée à l'entrée du pont. C'eut été un euphémisme de dire qu'elle était vétuste, en fait c'était quasiment une ruine. Son pignon de pierre avait depuis belle lurette perdu son enduit dont il ne subsistait que quelques plaques lépreuses. De grandes fissures couraient de la cheminée au sol et la toiture avait pris en son milieu un creux qui, pour être pittoresque, n'en était pas moins inquiétant. Il semblait que le couvreur ne se souciait guère du toit de sa maison.

La façade qui donnait sur le canal était percée d'une porte et d'une fenêtre closes par de gros volets de bois marron. Au-dessus de la porte, une fenêtre de grenier qui devait servir, autrefois, à hisser des charges à l'étage. Une faible lumière parvenant à trouver quelques interstices dans les épais contrevents témoignait d'une présence dans un logis qu'on aurait pu croire abandonné.

Mary regarda par-dessus la haie. Une bicyclette de femme s'appuyait contre le mur près de la porte et, au pignon de la maison, un tas de bois mal rangé.

C'était donc là qu'habitait le Viet avec sa mère... Mary revint sur ses pas. Ses semelles de caoutchouc ne faisaient pas de bruit sur le sol empierré. Dix coups sonnèrent au clocher d'une église ; elle s'arrêta un moment sur le pont. Que faire ? Aller frapper à cette porte ? Sous quel prétexte ? D'ailleurs, lui ouvrirait-on ? Non, il valait mieux qu'elle revienne de jour, et avec l'adjudant-chef Merrien si possible.

Elle remonta dans sa voiture et se dirigea vers son hôtel. Il n'y avait rien d'autre à faire qu'à rentrer se coucher.

XVIII

"On est déjà lundi", se dit Mary en prenant son petit déjeuner. Trois jours que je suis là et il me semble qu'il y a une éternité que j'ai quitté Quimper.

Elle s'était fait servir dans sa chambre et devant elle, dans le lointain, le château rouge apparaissait dans la brume. Tard dans la nuit, elle avait surveillé l'édifice dans sa lunette et des lumières s'étaient promenées aux fenêtres avec une belle régularité. Les C.R.S. faisaient consciencieusement leurs rondes, probablement en vain. L'assassin avait certainement abandonné son refuge.

Elle appela la gendarmerie et Merrien lui dit qu'il n'y avait rien de nouveau, que le commissaire Allain était parti au château pour organiser un grand ratissage du parc avec sa compagnie de C.R.S.

— J'arrive, dit Mary.

L'adjudant-chef l'attendait dans son bureau, l'air fatigué et désabusé. Mary, elle, après une bonne nuit de sommeil avait retrouvé tout son allant.

— Vous me paraissez très en forme, dit l'adjudant.

— Ce n'est pas comme vous, dit-elle en riant. Quelle tête d'enterrement !

— Une tête de circonstance, répondit-il en souriant à son tour, mais son sourire restait contraint.

Elle s'approcha et s'appuyant des deux mains sur le bureau de Merrien, elle lui dit en le regardant dans les yeux :

— Merrien, parlez-moi du Viet !

— Du quoi ? fit l'adjudant-chef interloqué.

— Du Viet, répéta Mary. Diem Van je ne sais quoi, comme dit ce bon monsieur Pommel.

— Diem Van Deng ? dit le gendarme.

— Ouais, ça doit être ça. Un vietnamien d'une quarantaine d'années qui vit ici avec sa mère. Il travaillerait comme couvreur dans l'entreprise Péchaud.

— Mais... Qu'est-ce que vous lui voulez ?

Mary répondit à la question par une autre question :

— Vous le connaissez ?

— Comme ça... C'est un type sans histoire. Jamais eu affaire à nos services. Il vit avec sa mère dans une vieille bicoque au bord du canal.

— Je sais... Vous ne voudriez pas venir avec moi lui rendre visite ?

— Mais pourquoi ? demanda à nouveau le gendarme. Aurait-il un rapport avec les meurtres ?

— Hé, hé ! fit Mary sibylline.

— Vous avez appris quelque chose ?

Merrien semblait surpris et mécontent.

— Car s'il y a des faits nouveaux, peut-être vaudrait-il mieux en parler au commissaire Allain. A toutes fins utiles, je vous signale que c'est lui qui est en charge de l'enquête désormais.

Il regardait Mary, avec une inquiétude latente. Qu'est-ce qu'elle avait encore inventé ? Sûr que s'il y avait un problème, c'est sur lui, Merrien, que ça retomberait !

Elle le rassura d'un sourire :

— Mais non, Merrien, il n'y a pas de fait nouveau ! Vous pensez bien que si c'était le cas, je serais la première à avertir le divisionnaire !

L'adjudant-chef continuait de la regarder d'un air mal convaincu.

— Juste une intuition, Merrien. Une impression fugace,

j'irais raconter ça à Allain, il me rirait au nez et ne manquerait pas de dire, une fois encore, que je suis ridicule. Ses méthodes ne sont pas les miennes, vous avez pu le constater. Lui c'est un costaud, il a des méthodes de mec. Je ne suis pas un mec, Merrien.

L'adjudant-chef considéra sa frêle silhouette et, levant les sourcils soupira :

— Pour ça, non !

— On dirait que vous le regrettez !

— Pour ça non ! répéta-t-il mais cette fois avec conviction.

— Alors, on y va ?

— Où ça ?

— Mais voir la mère Diem Van truc…

— Ben vous alors, dit Merrien admiratif, on peut dire que quand vous avez une idée dans la tête, vous ne l'avez pas ailleurs !

En sortant, il avertit le préposé au standard que si on le demandait, il était sorti pour une demi-heure.

oOo

Cette fois les persiennes étaient poussées et la porte de la vieille maison du canal était ouverte. Quatre poules rousses picoraient devant la porte et le vélo était à la même place que la veille au soir.

Quand Mary et l'adjudant-chef entrèrent, ils virent une vieille femme assise sur un banc qui épluchait des légumes. Elle avait une bouille toute ronde, une peau très claire et un fichu sur la tête. Mary ayant frappé, elle cria quelque chose d'incompréhensible qui pouvait passer pour une invitation à entrer.

La pièce dans laquelle ils pénétrèrent était meublée d'un mobilier de mauvais sapin comme toutes les salles communes des fermes des environs, mais on percevait par-dessus les odeurs de bois brûlé et de fruits un peu surs, un parfum de santal et d'encens qui rappela à Mary les messes de son enfance, quand l'enfant de chœur, lors de l'élévation, jetait les graines aromatiques sur son brasero.

La femme qui chantait une curieuse mélopée d'une voix aiguë se tut et un large sourire éclaira son visage, remontant si haut ses pommettes que ses yeux disparurent. Elle prononça une longue phrase avec volubilité et sourit de nouveau largement.

— Vous comprenez le vietnamien, Merrien ?

Mary n'avait pas pensé que la vieille femme ne pourrait s'exprimer en français. Elle regarda le gendarme, perplexe.

— Est-ce que monsieur Diem Van Deng est là ? demanda Merrien.

La vieille repartit dans une longue période en secouant la tête négativement. On eut dit qu'elle gazouillait. Merrien se retourna vers Mary :

— Il semblerait que votre type ne soit pas là. Qu'est-ce qu'on fait ?

Mary regarda la pièce pauvrement meublée, la cuisinière à bois dont le tuyau montait dans le plafond qu'il avait abondamment noirci, l'évier écorné où le robinet, couvert de vert de gris, gouttait, l'ampoule de vingt-cinq watts pendue au bout de son fil, au-dessus de la table, les murs jaunis par la fumée. Elle fit une drôle de grimace :

— Que voulez-vous faire ? On se tire, Merrien.

Et quand ils furent dans la 4 L de la gendarmerie :

— Drôle de bonne femme ! Elle est ici depuis bientôt quarante ans et elle ne parle pas un mot de français !

— Il y a des gens comme ça, dit Merrien. Peut-être qu'à nous aussi, il nous faudrait un demi-siècle pour parler le vietnamien !

— C'est tout de même bizarre, dit Mary pensive.

Et, quand Merrien eut arrêté la 4 L dans la cour de la gendarmerie :

— Laissez-moi là, Merrien, j'ai besoin de réfléchir.

Merrien rentra dans le bâtiment :

— Si vous avez besoin de moi, je ne devrais pas bouger d'ici de toute la journée.

Mary redescendit au bord du canal et s'arrêta là où elle avait stationné la nuit précédente. Tout était paisible. Par moments un rayon de soleil parvenait à percer le ciel noir et les peupliers des berges illuminaient alors l'eau sombre du canal de leurs reflets d'or pâle.

Le quai était toujours vide mais sur le seuil de leur petite maison, deux femmes écossaient des haricots verts. Mary s'approcha et elles la regardèrent s'avancer en jetant un regard curieux par-dessus leurs lunettes.

— Bonjour, mesdames, dit-elle.

— Bonjour, dirent les deux vieilles.

Tout la méfiance du monde se lisait dans leurs yeux. Que leur voulait cette femme qu'elles ne connaissaient pas ? Vendre un aspirateur ? Une encyclopédie ? Une assurance vie ?

— Va-t-il pleuvoir ? demanda Mary.

— Sûr avant ce soir, dit l'une d'elles en secouant son tablier sur lequel les queues des haricots s'étaient déposées.

Mary regarda le ciel :

— On m'a déjà dit ça hier, et pourtant rien n'est tombé !

— Ça sera pourtant pour ce soir, dit d'un ton entendu la vieille qui savait. Même que cette fois, ça va faire du dégât !

— Qu'est-ce que vous vendez donc ? demanda l'autre d'un air entendu.

— Mais je ne vends rien, dit Mary surprise par la question. Pourquoi me demandez-vous ça ?

— Ah, vous n'vendez rien !

— Mais non !

Et, considérant l'une après l'autre les deux vieilles qui se regardaient avec malice :

— Vous avez l'air de trouver ça drôle !

— Sûr ! D'ordinaire les jeunes qui viennent causer aux vieilles comme nous, c'est pour essayer de vendre quelque chose. Et leur baratin ça commence toujours de la même façon : « Quel temps qu'il va faire ? » mais, avec nous ça ne prend plus ! dit-elle la mine finaude.

— Je suis passée par le pont, dit Mary et, là-bas, près de la vieille maison, j'ai vu une drôle de bonne femme.

— Ah, la Viet ! dit la commère.

— Oui, elle avait un visage d'asiatique.

— Pour une drôle, c'est une drôle, fit l'autre avec un petit rire.

— Elle est là depuis longtemps ?

Les deux vieilles hochèrent la tête en se regardant à nouveau avec connivence :

— Depuis la fin de la guerre d'Indochine, vous n'avez qu'à voir !

— Quand elle est venue là, reprit l'autre, elle était bien jeunette encore et elle avait un bébé avec elle. Le maire de l'époque lui a trouvé cette maison et un travail dans un abattoir de poulets.

— Soi-disant, reprit la seconde commère, que c'était une bonne française et que les autres Viets là-bas lui auraient fait un mauvais parti s'ils avaient mis la main dessus.

Elle regarda Mary par-dessus ses lunettes :

— Pt'être bien qu'ils l'auraient tondue !

Elles pouffèrent ensemble, la plaisanterie leur paraissait excellente.

Mary les regarda indignée, puis, tournant son regard vers le canal elle dit :

— J'ai essayé de lui parler, je n'ai rien compris à ce qu'elle m'a dit. Elle n'entend pas le français ?

— Que si ! Elle le comprend trop bien, mais pour le parler, rien à faire. Faut demander à son fils.

— Il vit toujours là, son fils ?

— Ouais. Couvreur qu'il est.

A nouveau elles se regardèrent en pouffant :

— Ferait bien de réparer son toit parce qu'avec ce qui se prépare pour ce soir...

Mary regarda le ciel qui s'était encore noirci. A nouveau on entendait le tonnerre gronder.

— Il n'y est pas en ce moment ?

— Son entreprise est en vacances, alors il va, il vient...

Mary regarda la petite maison :

— D'ici vous le voyez aller et venir.

— On pourrait, si on voulait...

— Mais pour ce que ça nous intéresse, fit la plus grande d'un air méprisant.

Et l'autre renchérit :

— Ouais, qu'est-ce que ça peut nous faire !

Mary devina que, depuis quarante ans, ce voisinage exotique était pour ces deux femmes un perpétuel sujet de conversation et que rien de ce qui se passait dans la masure assise au bord de la rivière n'échappait à leur curiosité. Elle regarda de l'autre côté du canal.

— N'empêche que, d'ici, vous voyez qui entre et qui sort chez les Viet...

— Quand ils veulent...

— Comment quand ils veulent ?

— Parce que, des fois, ils sortent par la porte de derrière.

— Il y a donc une autre porte ? s'étonna Mary.

— Ouais, derrière, dans le jardin, on ne la voit de nulle part.

— Et le Viet sort par là ?

— Seulement quand il ne veut pas être vu.

Elles avaient l'air de regretter que cette porte discrète pût échapper à leur surveillance.

— Eh, quand il veut se cacher, bien malin qui pourrait le voir.

« Tiens tiens, se dit Mary, ça me rappelle quelqu'un... »

— Il a des copains ?

— Non.
— Il reçoit des visites ?
— Jamais.
— Bizarre... Que fait-il de son temps ?
— Il va, il vient, fit l'une des vieilles, il court les bois, il pêche...

Les vieilles ramassaient leurs haricots dans une bassine de tôle émaillée, puis elles secouèrent soigneusement leur tablier et rentrèrent les chaises. Il y eut une brusque bourrasque de vent.

— Qu'est-ce que vous vouliez lui vendre au Viet ? questionna la plus grande d'entre elles.

Elle ne démordait pas des intentions mercantiles prêtées à Mary. Bah, autant leur laisser croire...

— Une voiture...

La plus petite des vieilles ricana :

— Une voiture, au Viet ! Il n'a donc point assez de son vélomoteur ?

Et l'autre ajouta :

— Avec quoi donc qu'il va la payer ?

— Mais... dit Mary, il travaille, ce me semble !

A nouveau les deux vieilles pouffèrent en se regardant avec connivence.

— Il travaillait...

— Que voulez-vous dire ?

— Rien, dit la plus grande en prenant l'autre par le bras et en la poussant vers l'entrée. Rien, on vous en a bien assez dit !

Mary les regarda rentrer dans leur logis puis elle s'en retourna à la gendarmerie. Merrien n'était pas là. Elle s'assit à son bureau pour téléphoner.

— Allo... l'entreprise Péchaud ?

Au bout du fil, une voix de femme. Mary se présenta.

— Pouvez-vous me dire si monsieur Diem Van Deng travaille chez vous ?

— Il travaillait, dit la femme.
— Jusqu'à quand ?
— Jusqu'à la semaine dernière. Le carnet de commandes de l'entreprise est vide. Mon mari a dû se séparer du Viet et de Bernard Gara. Il a trouvé une autre place à Gara sur Brest, il en avait une en vue pour le Viet à Vannes, mais il n'a pas voulu la prendre.
— Pourquoi ?
— Il prétendait que c'était trop loin.
— Que va-t-il faire ?
— Je ne sais pas. Pour le moment, il est en vacances.
— Comment est-il, ce Viet ? Je veux dire du point de vue caractère ?
— Guère causant, mais dur à la tâche et bon ouvrier…
— Je vous remercie, madame.
Mary raccrocha, songeuse.

XIX

Madame Salmon, directrice du domaine de Trévarez, était partagée entre deux sentiments : d'une part, elle déplorait bien sûr les tragiques événements qui avaient braqué les projecteurs de l'actualité sur son beau château, d'autre part, elle ne pouvait que se féliciter de l'afflux de visiteurs que cette publicité attirait au domaine. Car jamais, au grand jamais, on n'y avait vu pareille affluence. Les immenses parkings étaient pleins et les voitures devaient maintenant stationner sur les bas côtés des chemins.

Merrien avait dû détacher deux gendarmes pour faire la circulation au carrefour de la route de Scaër, là où d'ordinaire il ne passait pas vingt voitures à l'heure.

Aux caisses on faisait la queue bien que les effectifs à l'entrée eussent été doublés et dans les grandes écuries on se marchait sur les pieds. Le petit train était pris d'assaut et les allées du parc parcourues par une foule de promeneurs.

Les cars de C.R.S. avaient été garés à l'écart, derrière les bâtiments des jardiniers, mais les hommes du commissaire Allain montaient une garde vigilante dans les étages et les sous-sols.

Le commissaire allait et venait, du château aux écuries, des écuries à la gendarmerie, d'une humeur de dogue. Sa fouille des bois n'avait rien donné et, pour tout dire, il pataugeait.

Pour la dixième fois il parcourut les rapports qui venaient d'arriver : les boîtes de conserve portaient bien des empreintes digitales, mais elles ne figuraient pas au fichier. Quant aux balles qui avaient expédié La Rivière ad patres, c'était les trois mêmes projectiles que ceux qui avaient causé la mort de François Toullec. Tirées par les trois mêmes armes. Un mystère de plus…

Mary se cantonnait dans le bureau de l'adjudant-chef Merrien. Préjugeant d'une réaction défavorable, elle ne s'était pas risquée à parler du Viet au commissaire Allain. Cependant, elle avait suggéré à Merrien d'aborder le sujet, ce qu'il avait fait.

Aussi ne fut-elle pas surprise quand elle entendit le divisionnaire beugler son nom :

— Lester ?

La porte de son bureau était restée entrouverte et elle s'avança en jouant les timides, une attitude qu'il était préférable d'affecter en présence du redoutable divisionnaire.

Le commissaire avait posé son blouson de daim sur le dossier de sa chaise et, les manches de sa chemise retroussés haut découvraient des avant-bras poilus et musculeux. Il avait les coudes posés sur la table et, sur ses mains jointes reposait une mâchoire mussolinienne. Ses yeux durs fixaient Mary par-dessus les petites lunettes en demi-lune posées sur le bout de son nez. Devant lui, une liasse de documents annotés de rouge.

La gueule d'un type qui n'entend pas s'en laisser conter. Dans un interrogatoire, ça ne devait pas être un cadeau.

Il attaqua d'un ton bourru :

— Qu'est-ce que c'est que cette histoire de Viet ?

Il la regardait d'un air soupçonneux.

— Oh rien, dit Mary d'un air dégagé. Une idée que j'avais eue, comme ça, mais je crains bien que ça ne nous mène à rien.

Le coin gauche de sa bouche se releva en un rictus qui semblait vouloir dire : « et moi donc ! » mais il laissa tomber d'une lippe dédaigneuse :

— Dites toujours...

— Eh bien, compte tenu de sa connaissance des lieux, il est possible que le tueur ait travaillé à la réfection du château.

— Un ouvrier...

— Oui.

— Pourquoi ?

Il parlait toujours du bout des lèvres, comme si cette conversation l'ennuyait au plus haut point.

— J'ignore pourquoi, mais je suppose que les types qui ont travaillé sur la charpente et sur la toiture ne sont pas sujets au vertige...

Il la regardait de ses petits yeux durs et inexpressifs. Des yeux de saurien, pensa-t-elle. Et, comme il lui venait, comme ça, juste au moment où il ne fallait pas, des idées saugrenues, elle s'imagina soudain le commissaire vautré dans la vase, le mufle au ras des roseaux, prêt à mordre. Elle faillit sourire et réprima cette envie inopportune d'un pincement de lèvres.

Allain à qui rien n'échappait se méprit :

— A quoi pensez-vous ?

Pouvait-elle le lui dire ? Elle pinça plus fort les lèvres, s'efforçant de revenir à l'enquête :

—... Comme ils y ont travaillé pendant de longs mois, les lieux leur sont parfaitement connus.

Le commissaire se leva et fit quelques pas dans la pièce.

— Humph ! Et vous vous êtes arrêtée aux couvreurs... Pourquoi pas les menuisiers, les électriciens ? Eux non plus n'ont pas le vertige.

Après une période de lassitude, le ton redevenait agressif.

— Je ne sais pas, dit Mary, peut-être parce qu'à ce moment-là, il y en aurait eu trop. Et puis, les menuisiers, les plombiers, les électriciens n'ont pas travaillé sous les toits.

— Je repose ma question, dit Allain en retrouvant son

siège, pourquoi les couvreurs ? Pourquoi pas les charpentiers ?

— L'entreprise de charpente est de la région quimpéroise, c'est-à-dire loin d'ici, tandis que les couvreurs sont du coin.

— Bon, d'accord, mais à ce moment-là, pourquoi le Viet ? Il n'est pas de la région, lui !

— Justement si. Il y est arrivé tout petit, il a toujours vécu dans la petite maison au bord du canal, il a toujours travaillé dans les environs immédiats de Trévarez.

Il la regarda à nouveau soupçonneux :

— Ça ne serait pas plutôt parce qu'il est d'origine étrangère ?

Elle s'indigna :

— Commissaire !

Il leva la tête d'un air de dire : « J'en ai vu d'autres, ma petite ! ».

Elle précisa :

— Ils sont quatre à travailler à l'entreprise Péchaud, ou plutôt ils étaient quatre : Justin, le patron, la quarantaine, Pignon, Vincent Pignon, bientôt soixante ans, qui était déjà là du temps du vieux Péchaud, deux viennent d'être licenciés, Bernard Gara qui a retrouvé un emploi, et le Viet, qui a refusé le reclassement que son patron lui proposait.

— Pourquoi ?

— Son nouvel emploi était à Vannes. Il trouvait que c'était trop loin de chez lui.

— Comment avez-vous su cela, Lester ?

— Le plus simplement du monde, monsieur, en téléphonant à l'entreprise Péchaud.

— Vous avez eu le patron ?

— Non, sa femme.

— Ah, dit Allain, puis il se tut, le temps de la réflexion. Bon, dit il enfin, comme à regret, admettons-le comme suspect, mais où est-il ce fameux Viet ?

— Introuvable depuis deux jours.

— Vous avez interrogé sa mère ?
— Oui, mais elle ne parle pas un mot de français.
— Ah !
— Mais elle le comprend. Le Viet n'est pas rentré depuis quarante-huit heures.
— Ça lui arrive souvent de découcher ?
— Jamais.
— Qui vous l'a dit ?
— Deux vieilles qui habitent en face, de l'autre côté de l'eau et qui voient tout ce qui se passe. Encore que...
— Encore que quoi ?
— Il y aurait, toujours d'après les vieilles, une porte discrète sur l'arrière de la maison, par laquelle il serait possible d'entrer et de sortir sans être vu.

Le commissaire se releva, fit de nouveau quelques pas dans la pièce :

— Ouais... Et je suppose que vos deux vieilles ne passent pas tout leur temps derrière leurs carreaux. Il faut bien qu'elles dorment !

Mary opina du chef. Allain la regarda, toujours de ce regard qui vous perçait à cœur :

— Que suggérez-vous, Lester ?

Elle faillit tomber à la renverse : le grand commissaire divisionnaire Allain daignait demander son sentiment à un simple inspecteur, une femme de surcroît.

— Peut-être pourrait-on relever les empreintes digitales dans la maison du Viet et les comparer avec celles trouvées sur les boîtes de conserve ?

— Pourquoi pas ?

Le ton était déjà plus conciliant.

— Et perquisitionner...
— Perquisitionner ?
— Oui.
— Pour chercher quoi ?
— Peut-être des balles de la même marque que celles

qui ont tué Toullec et, peut-être une arme... En tout cas, vérifiez les empreintes.

— Les empreintes, bougonna le commissaire il se peut bien que ce soient les mêmes en effet, mais puisqu'il a travaillé sur le chantier, qu'est-ce que ça prouve ? Enfin...

Il décrocha le téléphone :

— Je fais venir l'identité et je demande un mandat de perquisition !

Le récepteur collé à l'oreille, il regarda Mary :

— Ça ne nous mènera probablement nulle part, mais qu'est-ce qu'on risque ?

oOo

Une foule dense se pressait sur le pavé des anciennes écuries. Derrière leurs piles de bouquins, les auteurs attendaient le chaland car s'il y avait beaucoup de curieux, il y avait peu d'acheteurs.

De nombreux journalistes avaient fait le voyage de Trévarez, les flashes fusaient. Abel Zeimer posait orgueilleusement, se redressant orgueilleusement, parlant haut et fort. Son dernier ouvrage était déjà ceint du bandeau rouge marqué de noir : Grand Prix des Ecrivains Bretons.

Il buvait du petit lait, une jeune et jolie journaliste de France 3 l'interviewait tandis qu'un cameraman filmait la scène. Tout autour, un cercle serré de spectateurs formait un auditoire attentif et Abel Zeimer pouvait lire dans leurs yeux toute l'admiration qu'ils portaient à un homme assez important pour mobiliser à lui seul toute une équipe de télévision.

—... Vous avez curieusement intitulé votre dernier roman "les Ficelles du Diable"... Pouvez-vous expliciter ce titre ?

— Il parle de lui-même n'est-ce pas, fit Abel Zeimer avec emphase. Voyez-vous, en tout lieu le Malin est à l'affût.

Qu'un malheur se produise dans le monde, soyez certain qu'Il est là, bien caché sous une forme anodine bien souvent, mais c'est toujours Lui qui agit sur notre destin et, comme dit le populaire, "Il tire les ficelles en coulisse".

La journaliste eut un mince sourire que Abel Zeimer n'aperçut pas. Un grondement de tonnerre fit trembler la verrière derrière laquelle on apercevait un ciel noir. Puis un éclair aveuglant perça les nues et les lumières s'éteignirent l'espace d'un instant, avant d'illuminer de nouveau la grande salle.

Près de Mary un homme dit à sa femme :

— Bon sang, il n'est pas passé loin celui-là !

Une rumeur d'inquiétude parcourut la foule, ce qui n'empêcha pas Abel Zeimer de continuer de pérorer.

— Quand je vous disais que le Malin n'est pas loin, ça sent le soufre !

Il ricana :

— Le ci-devant marquis fut bien mal inspiré de venir bâtir son château sur cette montagne sacrée. Celui qui a inspiré cette ineptie ne peut être que le Malin ! Combien de jours de bonheur dans cette affreuse bâtisse ? Hein, dites-moi ? Et ensuite le malheur, l'occupation allemande, le bombardement, le sac du château, la mort, la mort, la mort…

Un terrible grondement de tonnerre ébranla le bâtiment et de nouveau l'électricité donna des signes de faiblesse.

— Je coupe, dit le cameraman, il y a des surtensions et mes lampes risquent d'exploser.

Quand les puissants projecteurs furent débranchés, on eut le sentiment qu'un soleil venait de se coucher. Au-dessus de la haute verrière, le ciel était de plus en plus noir. Un éclair livide fit frissonner les femmes et pleurer les petits enfants.

— Si vous le voulez bien, mon cher maître, dit la journaliste, nous reprendrons tout à l'heure.

— Quand il vous plaira, dit Abel Zeimer avec un petit geste protecteur de la main.

Un confrère de sa génération qui avait son stand en face de celui du lauréat se leva :

— Maintenant que tu as fini tes mondanités, peut-on envisager d'aller boire un coup ?

N'y avait-il pas un peu de rancœur dans le propos ?

En tout cas, elle échappa à Abel Zeimer qui se leva pour répondre à l'invitation. Sur son visage blafard ses pommettes se détachaient, d'un rose malsain et le noir de ses yeux inquiétait.

— Mon cher ami, voilà la première phrase sensée que j'ai entendue de toute la journée.

Il prit l'autre par le bras et, écartant la foule, ils se dirigèrent vers un petit cabinet où on avait aménagé un bar réservé aux écrivains.

Mary les regarda fermer la porte sur eux, puis elle chercha Merrien du regard. L'adjudant-chef était près de la porte d'entrée en compagnie du commissaire Allain. Elle attendit que le commissaire se fut éloigné pour rattraper le gendarme.

— Merrien, avez-vous un gilet pare-balles ?

Merrien s'arrêta brusquement pour la regarder. De grosses gouttes d'eau commençaient à tomber et on voyait les gens refluer du parc et se diriger vers les écuries.

— Que voulez-vous faire d'un gilet pare-balles ?

— Pas le temps de vous expliquer, dit-elle. Répondez par oui ou par non !

— Evidemment que j'en ai un dans ma voiture !

— Eh bien, allez donc le chercher !

Merrien la regarda un instant puis, renonçant à comprendre, il fila vers sa voiture. Mary l'attendit sous l'auvent près de l'entrée en se mordant les ongles d'impatience.

Maintenant les gens se bousculaient pour entrer dans la grande salle. Enfin Merrien revint, haletant :

— Tenez, dit-il en lui tendant le gilet.

Elle le lui arracha presque des mains et s'engouffra sous la voûte tandis qu'un nouveau grondement de tonnerre roulait sur les hautes futaies. Merrien la suivit mais, plus agile que lui, plus habile à se faufiler dans cet amas de corps serrés, il la perdit bientôt de vue.

— Quelle mouche la pique encore, pesta-t-il.

Les grondements de tonnerre et les éclairs se succédaient maintenant sans interruption tandis qu'une cataracte tombée du ciel dévalait sur les verrières.

Mary parvint enfin à la porte de la pièce où s'étaient réfugiés Abel Zeimer et son ami. Elle ouvrit. Les deux hommes tenaient à la main des verres pleins de liquide ambré et, au vu de l'étiquette de la bouteille presque vide posée sur la table, ça ne devait pas être du thé.

— Qu'est-ce que c'est ? demanda Abel Zeimer.

Son compagnon se leva pesamment :

— La télé, mon vieux…

Cette fois, c'était net, il y avait de l'amertume dans sa voix. La gloire ne devrait pas aller toujours aux mêmes…

Il se leva et, poussant la porte, laissa tomber :

— Ils ne vont pas te lâcher comme ça. Allez, on se revoit pour dîner.

Il sortit d'une démarche louvoyante.

— On peut filmer de nouveau ? demanda Abel Zeimer en se levant.

— Oui maître, mais il faut prendre quelques précautions.

L'appellation flatta Abel Zeimer qui se rengorgea.

— Parfait, jeune fille.

Elle lui tendit le gilet pare-balles :

— Si vous voulez bien enfiler ça sous votre veste…

— Bien, dit-il.

Elle souffla. Elle avait craint qu'il ne regimbât, qu'il demandât des explications bien difficiles à fournir. Mais elle avait bénéficié des circonstances : l'alcool que l'écrivain venait d'absorber et puis ce mot magique : "télévision", ce sésame pour les faveurs duquel tous les cabots du monde auraient fait les pieds au mur.

Elle regarda le petit bonhomme malingre défaire son vêtement et elle l'aida à passer le gilet, assujettit elle-même les lacets puis l'aida à renfiler sa veste qui était heureusement trop grande pour lui.

— Ça tient chaud ! s'exclama-t-il.

— Dès que la prise de vue sera terminée, vous pourrez l'enlever.

— Ça sert à quoi précisément ?

— C'est pour éliminer certains effets parasites causés par l'électricité statique, dit Mary avec aplomb, avec ce système, l'image télé ne subit pas d'interférences...

— Bien, allons-y, dit l'écrivain sans écouter le charabia.

Quand ils sortirent de la petite salle, ils constatèrent avec stupéfaction qu'elle s'était encore remplie. La pluie qui tombait à seaux avait poussé les promeneurs du parc à chercher un abri dans les écuries. L'étage était également bondé et il était vraisemblable qu'à quelques centaines de mètres de là, le château l'était aussi.

Elle ouvrit un chemin à l'écrivain pour qu'il regagnât son stand et, quand elle l'eut installé derrière sa table, elle lui recommanda de n'en pas bouger :

— Je vais chercher le cameraman...

Quelques personnes demandèrent une dédicace et Abel Zeimer, toujours sur son petit nuage rose, se remit à discourir et à faire l'important.

Mary se fraya un chemin jusqu'à la sortie, regardant à droite et à gauche pour tenter d'apercevoir l'adjudant-chef. Au dehors, la pluie tombait avec une intensité inouïe. Dans la cour, les évacuations n'évacuaient plus rien, bouchées par du sable et des feuilles arrachées aux arbres et, peu à peu, l'eau montait. elle affleurait déjà la marche de pierre de la porte cochère et, dès qu'elle aurait franchi ce seuil, elle ruissellerait tel un irrépressible mascaret dans la grande écurie.

Près de la porte, un homme à barbe blanche regardait tomber le déluge avec une sorte de fascination.

— Monsieur Milin ! s'exclama Mary.

A l'appel de son nom, l'historien local qui lui avait si bien conté l'histoire du canal lors de la mémorable promenade en péniche, se retourna :

— Inspecteur Lester !

Une déflagration venue du ciel, sèche comme une décharge d'artillerie lui coupa la parole, puis un éclair terrible illumina les bois.

Elle frissonna, une boule d'angoisse au fond du gosier. Elle tenta pourtant de plaisanter :

— Eh bien, dites donc, on ne fait pas les choses à moitié chez vous ! C'est toujours comme ça les orages ?

Milin abaissa sur elle son regard de myope :

— On se moque... On se moque des traditions, voyez, le ciel se venge !

Elle haussa les épaules :

— Allons, monsieur Milin, restons sérieux. Ce n'est qu'un orage. Impressionnant, je vous l'accorde, mais ça reste un orage.

Il la regarda de nouveau avec cette commisération teintée de mépris qu'il avait déjà manifestée à l'encontre de Merrien quand celui-ci s'était moqué des croyances anciennes.

— La malédiction, inspecteur, la malédiction...

Elle secoua la tête, impatientée :

— Avez-vous vu l'adjudant-chef Merrien ?

— Il est par là, dit-il avec un geste vague en montrant l'intérieur du bâtiment.

Une bourrasque de vent fit voler une nuée de feuilles arrachées aux hêtres centenaires et la pluie, redoublant de violence les précipita au sol transformant les flaques en une sorte de marée verte.

Les détonations du tonnerre se succédaient maintenant à une telle cadence qu'on eut dit qu'une batterie de canons de gros calibre se déchaînait dans la cour. Le ciel était si noir et les précipitations d'eau si denses qu'on avait l'impression que le crépuscule était tombé et pourtant il n'était que quatre heures de l'après-midi.

Mary se fraya un chemin jusqu'au stand d'Abel Zeimer, elle y était presque parvenue lorsqu'elle sentit une poigne énergique lui saisir le bras.

Elle se retourna :

— Commissaire…

Le divisionnaire Allain, qui n'avait pas lâché son bras, la considéra sans aménité :

— Lester, il faut que je vous parle ! Qu'est-ce que c'est que cette histoire…

La fin de sa question se perdit dans le fracas du tonnerre. Cette fois, le grondement avait été terrible. Dans la foule il y eut un mouvement de panique, des cris d'enfants apeurés se firent entendre, des femmes se couvrirent les oreilles de leurs mains aux doigts serrés et Mary vit une vieille paysanne en coiffe esquisser un signe de croix en marmonnant : « Ma Doué ! ».

Allain eut un geste d'impatience et Mary sentit ses doigts se crisper sur son bras. Elle se secoua pour desserrer cette emprise et cria presque au commissaire :

— Ce n'est pas la peine de me faire des bleus !

Il desserra un peu son étreinte et Mary en profita pour se dégager. Elle frotta son bras là où le commissaire l'avait empoigné et lui dit, rancunière :

— Vous m'avez fait mal !

Mais le brouhaha était tel qu'il n'entendit pas.

— Que dites-vous ?

Elle n'entendit pas davantage et haussa les épaules, agacée.

— Venez !

En jouant des coudes elle parvint à la petite porte abritant le bar des écrivains. La pièce était déserte et elle répéta :
— Venez !
— Qu'est-ce que c'est que ça ? demanda Allain en examinant le décor.

Mary éluda la question :
— Ici on sera tranquille.

Le commissaire soupira :
— Quel bordel !

Et, revenant à Mary :
— Merrien m'a dit que vous lui aviez demandé un gilet pare-balles.
— Exact, fit-elle laconique.
— C'était pour vous ?

Elle secoua la tête négativement.
— Pour qui alors ?
— Pour Abel Zeimer.

Le commissaire parut tomber des nues.
— Abel Zeimer ? C'est qui ça, Abel Zeimer ?
— Le lauréat du prix, celui avec qui Leamond de la Rivière s'est battu la veille même de sa mort.
— Qu'est-ce qu'il vient foutre sur le chantier, cet Abel Zeimer ?

Elle dut attendre une accalmie entre deux déflagrations pour pouvoir répondre de façon audible.
— J'ai quelques raisons de penser qu'il pourrait être la prochaine victime.

La conversation était bien difficile, il fallait tâcher de placer un mot entre deux grondements, et d'attendre la réponse de même.
— Mais qu'est...

La question du commissaire se perdit de nouveau dans le fracas de l'orage et Mary ouvrant la porte dit :
— Venez !

Il la suivit en braillant :

— Où ça ?

Elle se retourna :

— Abel Zeimer !

A nouveau ils durent bousculer des gens, se tailler un passage en force vers le stand du lauréat. Dès que Zeimer vit Mary, il se redressa :

— Eh bien, ils arrivent ?

— De qui parle-t-il ? demanda le commissaire.

— De la télé. Pour le faire tenir tranquille, j'ai dû lui dire que la télé allait venir le filmer.

Puis à Abel Zeimer :

— Oui, mon cher maître. J'ai eu du mal à les trouver, et ce n'est pas facile de traverser cette foule avec une caméra.

Abel Zeimer s'épongea le front et, montrant sa poitrine :

— Et votre foutu bazar-là me tient chaud. J'ai bien envie de l'enlever.

— Surtout pas, dit Mary, surtout pas ! La télé sera là dans un instant !

Elle leva des yeux inquiets vers la verrière que le déluge submergeait au point qu'on avait l'impression d'être dans un sous-marin.

Allain suivit son regard.

— Pourvu qu'elle tienne le coup, dit-elle.

De l'eau ruisselait maintenant au long des murs, coulant sur le toit des stands, mouillant les bouquins.

— Nom de Dieu ! s'exclama Allain. Suivant la pensée de Mary, il venait d'imaginer la catastrophe que serait la chute de cette immense surface de verre sur une foule aussi dense.

— Il faut faire évacuer ça, dit-il à Mary. Ah, voilà Merrien !

L'adjudant-chef en effet venait d'arriver, suivi de près par madame Salmon. Un roulement de tonnerre ponctua leur venue.

— Il faut faire évacuer, dit Allain dans le silence relatif qui suivit.

— Evacuer, dit madame Salmon désemparée, mais comment… Vous avez vu le temps qu'il fait dehors ?

— Dehors ils seront mouillés, dit le commissaire, mais si cette verrière leur tombe dessus, je ne vous raconte pas les dégâts !

— Ce sont les feuilles qui ont bouché les chenaux, dit madame Salmon, les descentes n'évacuent plus !

— Peu importe ce à quoi c'est dû, mais il y a des tonnes d'eau qui s'accumulent sur ce toit de verre, et il n'est pas fait pour ça. Imaginez que ça s'effondre d'un coup ?

— Mon Dieu ! dit-elle en plaçant sa main devant sa bouche. Mon Dieu !

Elle ferma un instant les yeux, s'imaginant ces centaines de corps hachés par un déluge de verre et d'eau puis elle les rouvrit et demanda, désemparée :

— Mais comment les faire sortir ?

Près d'elle Merrien, le visage blême, avait l'air en plein désarroi. Lui aussi venait d'entrevoir la catastrophe possible et il se sentait impuissant à prendre quelque mesure que ce fût.

Le fracas de l'orage déferla de nouveau tandis qu'une clameur montait de la foule.

— Si cette foule est prise de panique… dit Allain.

Ils se regardèrent, la mine grave, angoissés par cette évocation. En effet, si la panique gagnait cette marée humaine, les forts piétineraient les faibles et les enfants pour gagner les sorties. Que faire ?

Ce fut Mary qui parla :

— Faites ouvrir toutes les portes des écuries, dit-elle à madame Salmon. Il y a de grandes portes cochères par où la foule pourra s'écouler rapidement.

— Mais l'eau va rentrer, gémit la directrice.

— Elle entre déjà, dit Mary en montrant les ruissellements le long des murs. L'important n'est pas que l'eau rentre, mais que les gens puissent sortir.

— Elle a raison, dit Allain, faites ouvrir !

La directrice, subjuguée par la voix impérieuse du commissaire s'en fut avec Merrien et, quelques instants plus tard, des bourrasques furieuses balayèrent la grande bâtisse, faisant voler les livres et s'écrouler les stands.

Abel Zeimer se dressa, tentant d'empêcher ses chers ouvrages de partir au fil du vent. Vaine démarche. Le toit de tissu qui protégeait son stand s'envola lui aussi et il demeura dressé au milieu de la tourmente les bras écartés en une vaine imprécation.

Puis Mary le vit partir en arrière, comme frappé par un coup de marteau et s'écrouler comme une masse. Elle secoua Allain qui regardait toujours cette verrière qui paraissait être devenue sa principale préoccupation.

— Abel Zeimer ! lui beugla-t-elle à l'oreille.

Il se retourna :

— Eh bien quoi, Abel Zeimer ?

Et quand il vit le corps inerte de l'écrivain à terre :

— Merde ! C'est bien le moment de nous faire une attaque !

Mais Mary qui s'était penché sur le corps montra la veste claire marquée de trois petits trous noirs :

— Regardez !

— Merde ! dit à nouveau Allain. Il est…

— Assommé seulement, dit Mary, le gilet pare-balles l'a bien protégé, mais il a quand même encaissé un choc. Regardez commissaire !

Elle montrait une fenêtre qui battait à l'étage, dans l'angle opposé au leur.

— C'est sûrement de là-bas qu'on a tiré !

Madame Salmon et Merrien revenaient. Quand ils virent le corps de l'écrivain, ils s'arrêtèrent net.

— Oh non, dit madame Salmon accablée et Mary eut l'impression que si Merrien ne l'avait pas retenue, elle se fut écroulée à son tour.

209

— Il est… demanda Merrien d'une voix hésitante.
— Non, dit Mary.
Le regard de Merrien l'interrogeait, elle dit doucement :
— Le gilet pare-balles…
Merrien hocha la tête et regarda Mary, admiratif.
— Ben, dites donc…
Il ne finit pas sa phrase mais Mary comprit : heureusement qu'elle avait deviné ! Le divisionnaire, sans égards pour la directrice, la pressait de questions :
— Par où monte-t-on, là haut ?
— Eh bien, fit-elle interdite, par l'escalier !
Il montra la foule :
— Il est inaccessible votre escalier ! Il y a bien un autre accès ?
— Oui, l'escalier de service, mais il est interdit au public.
— Par où y accède-t-on ?
— Par les appartements du garde.
— Allons-y, dit Allain.
Cependant, la foule, terrifiée par la fureur des éléments, s'était soudée comme un bloc impénétrable que même le divisionnaire et sa carrure de rugbyman n'eussent pu ébranler.
— Sortez, rugit-il, sortez !
Mais le tumulte était tel que ses appels restèrent sans effet.
Il se retourna vers Mary :
— Il faut pourtant les faire sortir !
— Oui dit-elle.
Et elle sortit son arme de service et tira quatre coups vers la verrière. Aussitôt quatre jets d'eau se mirent à couler sur la foule et une clameur monta. Allain et Merrien qui avaient compris imitèrent Mary et bientôt, paniqués par ces coups de feu, les gens se précipitèrent vers les portes grandes ouvertes. Puis une vitre céda et ce fut peut-être cette rupture qui évita l'effondrement total de la toiture.

Un torrent jaillit du plafond projetant à terre ceux qui avaient eu la mauvaise fortune de se trouver là, balayant tout sur son passage. Dans le parc les gens couraient vers leurs voitures sous le déluge qui ne semblait pas vouloir s'arrêter et il y avait un bouchon humain aux guichets de sortie. Personne n'avait eu l'idée d'ouvrir la grande grille et des cris de protestation fusaient. Aux écuries, l'étage de l'exposition de peinture était bondé. Ici on était à l'abri et personne n'avait envie de s'en aller.

Quand Mary et le commissaire Allain parvinrent à la loge du gardien en pataugeant dans l'eau qui leur montait à mi-mollet, ils trouvèrent la femme de Kéruz assise près de sa table, les yeux mornes.

— Où est Kéruz ? demanda Mary.

La vieille eut un geste vague vers l'extérieur :

— Je ne sais pas…

— Et l'autre, il est parti ?

— Quel autre ?

— Ah, ne faites pas l'innocente ! dit Mary, le Viet ! Vous le connaissez bien le Viet !

La femme regarda Mary comme si elle était le diable et baissa la tête sans répondre. Allain, qui jusqu'alors n'avait rien dit, demanda :

— Où est l'escalier qui mène à l'étage ?

— Par là, dit la vieille en montrant une porte. Mais il n'y a pas le droit…

Pas le droit ! Elle avait de ces mots ! Allain ouvrit brutalement la porte, un escalier à vis s'élevait vers le second niveau. C'était sombre et poussiéreux.

— Regardez, dit Mary.

Sur la poussière des marches se découpaient très nettes des empreintes de semelles gigantesques.

Mary se pencha sur ces traces et dit à Allain :

— Il est monté, et puis il est redescendu. Inutile d'aller perdre notre temps là haut.

Elle revint vers la vieille :

— Depuis quand est-il reparti ?

Mais la vieille avait baissé le front et regardait le carrelage devant elle, butée.

— Vous ne voulez pas répondre ?

Elle ne bougea pas d'un pouce.

— Nom de Dieu, rugit Allain en levant la main.

Mary le retint :

— Inutile, commissaire. Vous pourriez la tuer sur place qu'elle ne dirait rien. C'est une femme qui a l'habitude d'être battue…

La vieille ne bougeait toujours pas, le front bas, entêtée comme un âne.

— Venez, dit Mary.

— Où ça ?

— Au château.

— Vous croyez que…

— C'est là que tout a commencé, c'est là que tout doit finir.

Elle regarda sa montre, dix-huit heures. Le ciel était toujours aussi noir, la pluie aussi dense et le fracas du tonnerre aussi assourdissant. Ils prirent le chemin des jardiniers. Partout dans le sous-bois des gens couraient. Sous les basses branches d'un énorme cèdre, une famille s'était regroupée et attendait sagement la fin de l'orage.

Mary s'arrêta un instant :

— On ne vous a jamais dit que c'est dangereux de s'abriter sous un grand arbre par temps d'orage ? Retournez donc à votre voiture, quand vous y serez, vous ne risquerez plus rien !

Elle les regarda courir sous la pluie puis sprinta pour rejoindre Allain. Le commissaire soufflait comme un phoque :

— On aurait dû prendre la bagnole, grommela-t-il.

— Bonne idée, persifla Mary en montrant un arbre qui s'était couché en travers du chemin.

La grande bâtisse rose apparaissait maintenant derrière le rideau de pluie. Ils se précipitèrent dans le hall qui était, lui aussi bondé et Allain héla le C.R.S. qui était de garde au pied du grand escalier :

— Personne n'est monté ?

— Personne, monsieur le commissaire.

Le C.R.S. portait un talkie-walkie à la ceinture.

— Passez-moi ça !

Et quand il eut l'appareil en main :

— Commissaire Allain, quelqu'un a-t-il essayé d'accéder aux étages ? Je précise, la personne recherchée est du type asiatique, grande taille, peut-être un mètre quatre-vingt-dix...

Les réponses revinrent, négatives. Les curieux qui avaient tenté de s'introduire dans les étages ne répondaient pas au signalement. Il rendit l'appareil au C.R.S. en jurant :

— Merde ! il nous échappe encore !

Il eut un geste de découragement en montrant les bois et la campagne environnante noyés sous le déluge :

— Allez savoir où il est maintenant !

— Il est ici, dit Mary.

Allain la regarda, surpris :

— Qu'est-ce qui vous fait dire ça ?

— Je le sais, je le sens...

— Mais puisque personne ne l'a vu... Vous avez entendu, toutes les issues sont gardées.

— Ah, commissaire, personne ne sait se rendre invisible comme ce type ! Il nous joue l'Arlésienne dans cette histoire, tout le monde en parle et personne ne le voit.

— Et, d'après vous, demanda Allain, à qui devrait-il s'en prendre cette fois ? Qui sera sa prochaine victime ?

Mary ne répondit pas, elle réfléchissait.

Le commissaire insista :

— Parce que vous semblez avoir des informations particulières...

Elle s'indigna :

— Qu'essayez-vous d'insinuer ?

— Je n'insinue rien ! Vous saviez qu'il allait s'en prendre à Zeimer ! A preuve, vous lui aviez fait enfiler un gilet pare-balles...

— Plaignez-vous en !

— Je ne m'en plains pas, je m'en félicite, je vous en félicite. Cependant il me semblerait intéressant que vous m'expliquiez ce qui vous a amené à le faire.

— Ce qui m'a amené à le faire, répéta Mary... C'est une histoire un peu longuette pour être racontée ici. Je vous rappelle à toutes fins utiles qu'il y a un meurtrier quelque part dans ce château...

Le commissaire Allain regarda le grand escalier de pierre blanche au pied duquel veillait, impassible, le C.R.S. de service tout de noir vêtu, aussi visible qu'une grosse mouche sur un gâteau à la crème. Le rez-de-chaussée du château était toujours plein de visiteurs qui attendaient que les éléments se calment pour retourner à leurs voitures.

Allain leva sa grosse tête vers le plafond et soupira :

— Va falloir de nouveau fouiller tout ça... Quel bordel !

Il se retourna vers Mary et dit avec rancune :

— Tout ça parce que mademoiselle Lester a une intuition !

Mary se mit à rire :

— Allons, monsieur le commissaire, reconnaissez que, jusqu'à présent, vous ne vous êtes pas trop mal trouvé de mes "intuitions" comme vous dites.

Elle regarda au dehors :

— Je vais aller jeter un œil depuis le parc.

— Vous allez être trempée, dit Allain.

— Je ne peux pas l'être plus que je le suis. La traversée du parc sous ce déluge, ah, je m'en souviendrai !

De la foule montait une odeur de chien mouillé, cet entassement générait une chaleur moite et Mary s'aperçut que le commissaire Allain fumait, non pas du tabac, mais qu'une légère vapeur tout à fait perceptible s'élevait de ses épaules, de son cou, de ses cheveux.

Elle préféra retourner affronter le déluge plutôt que de rester inhaler ce fumet.

Toute l'esplanade du château était maintenant recouverte d'eau. Comme elle avait eu la sagesse de se chausser d'une paire de tennis, elle s'engagea sans hésiter dans ce lac miniature et tout de suite l'eau lui monta presque jusqu'aux genoux. Sous la surface de l'eau martelée par l'averse gisait un squelette de parapluie. Sa toile rouge et blanche avait éclaté dans la tourmente et son propriétaire l'avait abandonné. Mary eut la tentation de s'en emparer pour tenter de se protéger du déluge, mais le mal était fait. Elle n'aurait pas été plus mouillée si elle s'était baignée toute habillée. Enfin, la pluie était tiède…

Elle atteignit les parterres engazonnés. L'eau ne montait pas jusque là mais, dans l'allée de sable blanc qui menait au cadran solaire de granit et de bronze, elle courait en petits rus impétueux qui creusaient des ravines profondes, emportant terre et sable sur leur passage.

Les coups de tonnerre se faisaient plus rares mais, bien qu'elle s'y fût un peu habituée, ils étaient toujours impressionnants. Quand elle se retourna, le château rouge se découpait sur le ciel noir et à nouveau elle ressentit une impression de malaise diffus, irrationnel, inexplicable. On eut dit que cette masse de briques et de granit dégageait une aura de maléfices comme un bloc de pechblende dégage de la radioactivité.

Elle essaya d'apercevoir, derrière le rideau de pluie, une silhouette aux fenêtres, mais rien ne bougeait. Seul le rez-de-chaussée était éclairé. Il y eut un nouveau roulement de tonnerre et un éclair livide fulgura. Du côté de la route il y eut une forte déflagration et toutes les lumières du château s'éteignirent ensemble tandis qu'une clameur inquiète montait des salles où s'entassait le public.

Du fond de l'allée des jardiniers, une silhouette arrivait en courant. Mary descendit vers l'entrée du château et à sa rencontre :

— Merrien !

— Ah, c'est vous ? dit le gendarme en reprenant son souffle. La foudre est tombée sur le transformateur, il n'y a plus de courant nulle part.

Il se secoua :

— Quel temps ! jamais vu ça !

— Les écuries sont évacuées ? demanda Mary.

— Oui.

— Pas de victimes ?

— Quelques pieds écrasés, quelques coupures superficielles par éclat de verre...

— On s'en tire bien, dit Mary. Et Abel Zeimer ?

— Il est au bar avec ses amis, plus fier que s'il avait eu le Goncourt. Il se pavane avec sa veste trouée, je pense qu'il va la faire encadrer.

Il respira fort :

— Je ne vous parle pas de la circulation. On n'a jamais vu un pareil foutoir. La route est coupée en plusieurs endroits par des coulées de boue et des arbres abattus. Mais comme il y a un embouteillage monstre, ni les pompiers ni l'équipement ne peuvent intervenir. Les gens sont bloqués dans leurs bagnoles sur plusieurs kilomètres. J'ai demandé des renforts aux brigades de Châteaulin et de Gourin.

Il montra le château :

— Et là-dedans ?

— Ça pue, dit Mary. Un tel entassement de gens mouillés, pouah !

A nouveau Merrien la regarda comme une bête curieuse : tout ce qu'elle semblait retenir de cette situation dramatique, c'était que cette concentration de corps dégageait de mauvaises odeurs ! Et l'assassin alors ?

Il demanda :

— Le Viet ?

— Pas vu. Personne ne l'a vu. Dites, Merrien, vous êtes sûr qu'il existe ce type ?

Il la regarda comme si elle avait perdu la tête :

— S'il existe ? Evidemment !

Il avait dit ça de façon si drôle que Mary éclata de rire. Mais son rire se figea bien vite sur ses lèvres :

— Bon Dieu Merrien ! Qu'est-ce que c'est que ça ?

Elle montrait du doigt un des angles du château. Merrien écarquilla les yeux.

— Quoi ça ?

— Vous ne voyez pas, à l'angle de la tour, une aspérité.

Ils s'approchèrent de la tour.

Je ne vois rien, dit Merrien.

— Là, sous le toit !

— Ah, oui... Qu'est-ce que c'est ?

De plus près on distinguait une tache noire, luisante sans pouvoir distinguer ce que c'était. Puis la tache bougea...

— C'est lui, dit Mary fascinée.

Elle avait la tête levée, son visage ruisselait et ses cheveux étaient plaqués à son crâne comme ceux d'une noyée.

Merrien s'était immobilisé, silencieux. La forme là-haut se dépliait maintenant avec une prodigieuse aisance, saisissant à pleines mains la gouttière de fonte ouvragée, se hissant sans peine vers la haute toiture.

— Il n'a pas peur, dit Merrien, à trente mètres du sol, par ce temps ça doit glisser...

— Il faut prévenir Allain, dit Mary. Ah, il pouvait bien les surveiller ses escaliers !

La forme noire, là-haut, avait pris le chéneau à pleines mains et, d'une traction puissante, elle se hissa sur le toit et disparut.

— Venez, Merrien, dit Mary en s'élançant vers la porte du château.

Quand ils arrivèrent, toujours pataugeant dans vingt

centimètres d'eau, le commissaire discutait avec la sentinelle au pied du grand escalier. On avait allumé quelques bougies décoratives qui répandaient une faible lueur.

— Il est sur le toit, dit Mary en lissant ses cheveux pour tâcher d'en faire sortir un peu l'eau.

Le commissaire bondit :

— Où ça ?

— Sur le toit !

— Mais... Par où est-il monté ?

— Par une gouttière extérieure.

— Mais... C'est impossible !

— Pour vous, dit Mary, pas pour lui. Nous l'avons vu, n'est-ce pas Merrien ?

Le gendarme acquiesça.

— Il a escaladé ça avec une facilité...

Il hochait la tête en signe d'admiration.

— Sacré Nom de Dieu de bordel de merde, rugit Allain, il va encore se foutre de notre gueule pendant longtemps ce con ?

Ses éclats de voix avaient attiré l'attention sur leur groupe. Trois petits enfants regardaient, intéressés, ce gros monsieur qui jurait si bien.

— Monsieur le divisionnaire, dit Mary d'un ton de reproche.

— Quoi ? aboya-t-il.

— Surveillez votre vocabulaire, il y a des enfants !

Elle avait réussi à le faire rougir. Il secoua sa grosse tête comme un taureau furieux et se fraya sans ménagements un chemin parmi la foule.

XX

Mary et Merrien l'avaient suivi sous le porche. Le divisionnaire avait pris le talkie-walkie du C.R.S. et il aboyait ses ordres.

Maintenant qu'on était dans le concret, maintenant que c'en était fini des hésitations, des supputations, il était redevenu ce flic terriblement efficace qui n'avait plus de doutes sur la conduite à tenir.

Il ne fallut pas cinq minutes pour que l'effectif de la compagnie de C.R.S. fût réuni dans la cour devant le château. Immédiatement il fit cerner la bâtisse par une cinquantaine d'hommes qui se tenaient en vue les uns des autres.

Ensuite il ordonna l'évacuation immédiate du château et la foule qui se pressait en attendant une accalmie qui ne venait toujours pas, fut poussée fermement vers la sortie, ce qui ne manqua pas de déclencher un concert de protestations. Les pères portant leur gosses sur leurs épaules traversèrent l'esplanade inondée, les femmes accrochées à leurs basques. Des C.R.S. aidèrent les personnes âgées à traverser la zone critique en les portant sur leur dos.

Ça pataugeait, ça piaillait, seuls les enfants avaient l'air de trouver ça drôle.

De ces protestations, Allain n'avait que faire et, tandis que ces braves gens qui étaient venus en famille pour une promenade paisible à la campagne s'enfuyaient vers leur voiture dans la tourmente, il forma cinq groupes d'une dizaine d'hommes pour une fouille systématique du château. Mary voulut se joindre à eux, mais le commissaire s'y opposa :

— Laissez faire mes gars, inspecteur, ils vont nous passer ça au peigne fin et pas un rat ne sortira de cette maudite baraque sans que nous en soyons informés. Attendez donc ici !

Et, devant la moue de dépit de la jeune femme :

— Le cinglé est armé, ça peut-être dangereux...

Elle comprit que rien ne pourrait le faire fléchir et elle sortit à son tour. Il pleuvait toujours autant et l'arrière-garde des visiteurs du château courait sous le déluge pour gagner l'abri illusoire des allées couvertes de feuillage.

Merrien qui attendait dans le hall en contemplant mélancoliquement la gigantesque mare qui s'était formée sur le terre-plein s'étonna :

— Vous n'allez pas sortir.

— Mon pauvre Merrien, dit-elle, regardez ça !

Une mare d'eau se formait sous ses pieds.

— Mouillée pour mouillée, autant être dehors où, peut-être, je pourrai voir quelque chose.

Elle montra le hall à présent désert, gardé seulement par une demi-douzaine de C.R.S. mitraillette au poing.

— Il ne passera pas par là !

Dans le ciel noir toujours zébré d'éclairs, rien n'annonçait l'embellie. L'orage tournait autour du château comme si quelque chose là-dedans attirait des forces occultes. Il y eut un nouveau fracas de tonnerre et l'éclair qui suivit illumina furtivement les Montagnes Noires noyées par le déluge.

— Je crois bien que c'est le bout de la route pour le Viet...

Merrien l'avait suivie, pataugeant lui aussi dans l'eau. Son pull bleu marine à liseré blanc pendait comme une serpillière et son pantalon d'ordinaire si bien repassé n'avait plus de forme.

Mary le regarda et se mit à rire :
— Ah, on a fière allure !
Il rit à son tour :
— Je m'en souviendrai…

Il ne précisa pas ce qui resterait dans son souvenir, mais une telle aventure serait probablement le point d'orgue d'une belle carrière de gendarme. Voilà qui le changeait des longues heures de planque derrière un radar ou des constats d'accident sur la voie express.

Derrière les fenêtres du château on voyait les silhouettes noires passer, l'arme à la main. Mary se prit soudain à plaindre le Viet sur lequel la mâchoire du piège se refermait inexorablement. C'était plus fort qu'elle, la bête traquée, que ce soit un gibier ou un homme, avait toujours droit à sa compassion.

Et là, dans les décombres de ce qui avait été une splendide demeure, Diem Van Deng, dit le Viet, luttait seul contre tous. Elle l'imaginait, dans un recoin obscur et poussiéreux, guettant la lente montée des hommes en noir. Elle imaginait son angoisse. Saurait-il trouver une cache secrète et indécelable ? Elle l'en croyait bien capable.

Mais non, il y avait les chiens. Elle entendait par moments leurs abois de fauves excités par la traque. Le Viet n'avait pas l'ombre d'une chance. Etait-il armé ? Probablement. Depuis qu'il avait tiré sur Abel Zeimer, il n'avait pas dû lâcher son arme. S'en servirait-il contre les C.R.S. ? Ce serait en vain. Il pourrait certes en tuer un ou plusieurs, en blesser d'autres, mais on ne résiste pas tout seul à une armée. Et c'était une armée qui montait à l'assaut de son réduit. Une petite armée, certes, mais bien entraînée, bien équipée, bien encadrée, de vrais professionnels.

— A propos, Merrien, son arme ?
— Quoi son arme ?
Il la regarda drôlement :
— Une vingt deux *long rifle* à répétition.

— Mais ces trois balles sorties de trois canons différents ?
— Elles sont sorties du même canon, affirma Merrien.
— Mais les rapports balistiques...
— Bien sûr, mais je vois une explication.
— Ah ! Laquelle ?
— Un silencieux.

Elle le fixait en silence sans avoir l'air de comprendre. Il expliqua :

— Vous savez ce truc qu'on visse au bout du canon pour étouffer le bruit de la détonation.
— Oui, eh bien ?
— Peut-être y a-t-il à l'intérieur du sien une chicane qui fait saillie, marquant les balles au passage.
— Une chicane ?
— Ouais, ou une spire mal fixée...
— Vous croyez ? demanda-t-elle sceptique.
— Si vous avez une autre explication à me fournir...
— Et il tire trois balles comme ça, à la volée, et à chaque fois il réussit son petit triangle sur la poitrine de ses cibles !

Elle secoua la tête, dubitative, faisant voler des gouttes.

— S'il est capable de faire ça, il aurait dû travailler dans un cirque !
— Il aurait pu, dit Merrien avec conviction, pas seulement comme tireur d'élite, mais aussi comme acrobate !

Les C.R.S. en étaient aux fenêtres du second étage. La fouille était lente, mais systématique. Mary et Merrien étaient seuls sur la pelouse inondée. Les visiteurs avaient dû, en pestant, regagner leurs voitures et maintenant ils s'étaient joints à l'embouteillage géant, ajoutant encore à la confusion qui régnait sur la route. Entre deux grondements de tonnerre, on percevait un concert d'avertisseurs.

— Ecoutez donc ça ! dit Merrien à Mary. S'ils croient pouvoir faire avancer les choses en donnant de la trompe... Je suis sûr que, ce soir, il y en aura qui seront en panne de batterie pour avoir trop klaxonné !

La pluie, qui s'était calmée un instant, se remit à tomber comme si le ciel voulait noyer la terre ; un nouveau fracas accompagna le déluge.

— Voilà que ça repart ! dit Mary. Ben, dites donc Merrien, des orages comme celui-là, j'en ai jamais vu !

— Il tourne, dit l'adjudant-chef d'un air soucieux. Ça arrive parfois, mais là, ça dépasse les bornes !

— Regardez ! dit Mary en pointant le doigt vers le toit du château.

Une forme noire s'avançait sur l'extrême faîtage de la toiture.

— Dedieu ! s'exclama Merrien, il n'a pas le vertige !

La silhouette disparut derrière une cheminée, reparut, et entreprit d'escalader la toiture de la plus haute des tours d'angle qui était cernée de quatre cheminées. Puis, comme un insecte obstiné, il gravit la plus haute de ces cheminées qui culminait à une dizaine de mètres au-dessus du faîtage de la tour.

— Où veut-il en venir ? demanda Mary.

— Je ne sais pas, fit Merrien, il n'a plus d'issue.

La silhouette avait atteint le carré de cheminée. Le Viet ne pouvait plus aller plus haut.

Alors il se dressa, debout sur cette étroite plate-forme, paraissant défier le monde.

Mary se mordait le bout des doigts.

— Il est fou ! s'exclama-t-elle.

— Ça, dit Merrien d'une voix blanche et sans quitter la cheminée des yeux, pour un cinglé c'est un cinglé ! Regardez, il est armé !

Le Viet venait de sortir de dessous son long ciré noir un objet dans lequel ils reconnurent la forme d'un fusil. Toujours debout sur sa cheminée, insensible au vertige, à la pluie, au tonnerre qui continuait de gronder, il chargeait posément son arme. Puis il s'assit sur ses talons, devenant presque invisible.

— Les C.R.S., dit Merrien, il va les tirer comme des lapins dès qu'ils vont monter sur le toit !

— Il faut faire quelque chose ! dit Mary.

— Oui, mais quoi ?

La voix de l'adjudant-chef était désabusée.

Mary avait trouvé. Elle courut jusqu'au cordon de C.R.S. qui cernait le château, et expliqua ce qui se passait. De là où ils étaient, ces hommes ne pouvaient voir les toits mais quand elle eut éclairé leur lanterne, ils prirent du recul. Il n'était que temps, le Viet épaulait son arme. Les flics devaient prendre pied sur le toit.

Un des C.R.S. lâcha une rafale de pistolet mitrailleur dans sa direction, ce qui attira l'attention du meurtrier sur le groupe qui s'agitait en bas. Il les prit alors pour cible et Mary vit l'homme qui avait tiré, jeté en arrière comme frappé par un poing invisible.

— Salaud ! dit Merrien entre ses dents.

Toujours sur son carré, le Viet rechargeait posément son arme.

— Heureusement qu'il ne dispose pas d'une arme automatique dit-elle.

Les C.R.S. avaient tiré le blessé derrière le gros cadran solaire posé sur les pelouses devant le château.

— S'il n'a pas un automatique, dit l'un d'entre eux en se relevant, comment a-t-il pu mettre trois balles au sergent ?

Le sergent se remettait, mais son gilet pare-balles portait effectivement la marque de trois impacts.

— Combien de détonations avez-vous entendu ? questionna Mary.

— Je n'ai rien entendu du tout, dit l'homme.

Il montra le ciel noir :

— Avec cet orage…

Puis son regard se porta de nouveau vers le château :

— En tous cas, celui là n'ira pas plus loin !

Mary hocha la tête :

— C'est probable...
Puis, après réflexion :
— Mais si ! Il va encore se sauver !
Le C.R.S. ricana :
— Ouais, s'il lui pousse des ailes !
— Non !
Et comme le C.R.S. et Merrien la regardaient ébahis :
— Pourquoi croyez-vous qu'il soit monté sur cette cheminée ?
— C'est un cinglé, dit le C.R.S. avec mépris. Faut pas chercher de logique dans le raisonnement des cinglés.
— Cinglé peut-être, dit-elle, mais cinglé intelligent !
Et comme les deux autres la regardaient sans comprendre :
— Dans combien de temps la nuit va-t-elle tomber à votre avis ?
— Avec ce temps, dit Merrien, dans moins d'une heure !
— C'est bien ce que je pense. Le Viet va amuser la galerie pendant cette heure, là où il est placé il peut interdire à quiconque de monter sur le toit.
— D'ici, avec un fusil à lunette on peut l'allumer comme on veut, dit le C.R.S.
— Certes, répondit Mary, mais qui donnera l'ordre de tirer ?
— Bonne question, dit Merrien. On l'aura à la fatigue.
— Vous comptez donc faire le siège de cette cheminée !
— Que voulez-vous faire d'autre ?
— Et demain matin...
— Demain matin il n'y aura plus qu'à le cueillir, à moins que, d'ici là, il ne se soit cassé la gueule tout seul.
— Demain matin, dit Mary en regardant les deux hommes, il n'y aura plus personne. Le Viet sera loin !
Le C.R.S. eut un petit rire méprisant :
— Je voudrais bien savoir comment !
— Comme le Père Noël, mon vieux, en descendant par la cheminée.

Et comme les deux autres la regardaient sans comprendre, elle précisa :

— Elle est énorme cette cheminée. Je suis sûre qu'à l'intérieur il y a des barreaux scellés dans la maçonnerie. La nuit venue, il va descendre tranquillement, déboucher dans une des salles et se couler dehors. Personne n'aura rien vu, et, demain matin, quand vous vous apprêterez à le cueillir, il sera loin !

Le C.R.S. et Merrien se regardèrent : elle avait raison, ce diable d'homme était capable de toutes les ruses. Le blessé, qui avait retrouvé son souffle, se relevait. Il avait entendu la conversation. Il regarda le point noir sur la haute cheminée, puis il dit à son jeune compagnon :

— File vite dire qu'on mette deux gardes devant chaque cheminée...

— Ça va ? demanda Mary.

Il se palpa les côtes avec une grimace :

— Ça va...

Trois traces argentées brillaient sur le tissu sombre du gilet pare-balles. Le sergent eut un petit rire :

— Dire que j'ai tant râlé après ce fichu gilet parce que c'est lourd, parce que ça tient chaud. Si je ne l'avais pas eu...

Il soupira en se tâtant les côtes de nouveau :

— C'est égal, je vais avoir trois jolis bleus !

Devant le château il y avait un petit remue-ménage. Les nouvelles apportées par le jeune C.R.S. devaient avoir fait leur effet, une partie des gardes qui avaient été disposés autour du château entrèrent par la grande porte où le divisionnaire Allain, très affairé, apparut un instant.

Un grondement terrible roula sur la montagne, l'orage qui avait semblé s'éloigner un instant revenait et le déluge reprit avec une intensité incroyable, au point de dissimuler la toiture du château.

Sur sa cheminée, le Viet faisait le gros dos. Mary l'imagina jouissant par avance de la déconvenue des flics quand, au matin, ils trouveraient la place vide. Puis l'intensité de la pluie diminua un peu et elle vit la haute silhouette se redresser soudain. Profitant du rideau de pluie, des C.R.S. avaient pris pied sur le toit. Mais ceci n'avait pas échappé à la vigilance du Viet. Il épaula sa carabine, cherchant visiblement sa cible qui devait se dissimuler derrière une tabatière.

L'adjudant se tenait toujours les côtes. Il grommela :
— Les cons ! Faut absolument qu'ils fassent du zèle !

Mary supposa qu'il parlait des hommes, montés sur le toit, qui s'exposaient maintenant au tir meurtrier de Diem Van Deng.

Le drame se dénoua soudain de façon brutale et imprévue. Le Viet s'était figé, il allait tirer quand un éclair s'abattit sur le canon de son arme. On eut l'impression que toute la toiture du château s'embrasait, et la silhouette noire fut rejetée en arrière avec une force inouïe.

Mary devait garder longtemps, gravée dans la rétine, cette image fugitive d'un corps écartelé volant au-dessus des toits. Puis il y eut un fracas de tonnerre plus effrayant encore que les autres.

Mary et Merrien se précipitèrent. Le Viet avait dû tomber sur l'arrière du château. Le C.R.S. blessé suivait avec peine. Il entra dans le château tandis que Mary et Merrien le contournaient.

Ils dévalèrent le sentier qui menait au flanc de la colline en dérapant sur la terre grasse.

Le Viet était là. Son corps disloqué avait roulé à travers les rhododendrons jusqu'au chemin en contrebas et Mary put voir de près, pour la première fois, son mystérieux adversaire.

C'était bien cette face lunaire qu'elle avait entrevue dans le groupe de japonais. Elle n'osa pas le toucher, ce fut Merrien qui lui prit le poignet pour tâter son pouls. Il secoua la tête négativement et regarda le château pour évaluer la terrible chute. Qui aurait pu, après avoir été foudroyé, survivre à un tel vol plané ?

Mary eut soudain le sentiment d'une présence derrière elle. Kéruz était là, immobile. D'où était-il sorti ? comment avait-il pu s'approcher sans qu'on le voie ? Mystère. Il portait lui aussi, par-dessus son uniforme de velours, un lourd ciré noir sur lequel la pluie crépitait.

Il regardait le cadavre avec un masque douloureux et de l'eau coulait le long de son nez busqué. Etait-ce la pluie ? Etait-ce des larmes ? Sous ce déluge il était bien difficile de le savoir. Les muscles de ses mâchoires serrées saillaient et sa bouche mince ne formait plus qu'une cicatrice livide. Muet, il ne bougeait pas, et quand Merrien lui demanda : « Vous avez vu cette chute ? », il ne réagit pas plus que s'il eut été de pierre.

Maintenant, c'était Allain et ses hommes qui descendaient dans les rhododendrons. Ils firent le cercle autour du cadavre, silencieux devant ce gibier qui leur avait donné tant de fil à retordre.

Mary s'éloigna de quelques pas, cherchant sous les massifs l'endroit où l'arme aurait pu tomber. Elle finit par la trouver près du mur d'épais granit gris taillé en voûte, à cet endroit où le château n'est encore qu'un burg austère enfonçant ses racines comme des griffes dans le granit de la colline sacrée.

Elle la ramassa. C'était une simple carabine au canon bronzé comme une arme de guerre, à la crosse de noyer luisante. Une belle arme, bien entretenue, mais qui ne tuerait plus personne. La foudre en avait déformé le canon dont l'extrémité était littéralement fondue.

Elle revint vers le groupe qui attendait auprès du cadavre et, tendant l'arme à Merrien, elle dit :

— Regardez ça !

— Nom de Dieu, dit Merrien, une Buffalo Mitraille !

Comment n'y ai-je pas pensé !

— Une quoi ? demanda Mary en fronçant les sourcils.

— Regardez, dit Merrien en ouvrant la culasse, c'est une carabine qui tire trois balles en même temps !

En effet, le canon était foré de trois trous et la culasse avait trois percuteurs. Le tout était actionné par une seule détente.

— Les trois balles partent en même temps, dit Mary stupéfaite.

— Ouais... Il n'y a qu'un seul canon, mais avec trois forages.

— Jamais vu ça, dit-elle.

— Moi si, dit Merrien, dans le catalogue de la Manufacture de Saint-Etienne.

— Mais ça servait à quoi ?

— A chasser... A chasser les nuisibles comme les corbeaux qui sont difficiles à approcher. Ça doit dater d'avant la guerre. Une pièce de collection...

Les C.R.S. avaient apporté une civière et ils remontaient le corps par le sentier escarpé qui rejoignait la terrasse. Mary, Merrien et le divisionnaire suivaient le funèbre convoi. La pluie avait diminué d'intensité mais le ciel était toujours noir.

On entendait rugir des tronçonneuses, les jardiniers avaient entrepris de dégager les allées barrées par les arbres abattus.

Mary s'en revint avec Merrien par le sentier qu'ils avaient déjà emprunté pour venir. La forêt exhalait une délicieuse senteur de sous-bois après la pluie et, à ce parfum se mêlait l'odeur de résine du gros conifère que les jardiniers tronçonnaient.

Dans les écuries dévastées, madame Salmon errait comme une âme en peine. Les beaux pavés de grès avaient disparu sous un magma boueux dans lequel étaient englués des livres. Ça et là des vestiges de stands gisaient comme des épaves sur une grève après la tempête. L'eau continuait de ruisseler sur les murs et elle évaluait les dégâts en hochant la tête, incrédule. Il y avait seulement trois heures, tout était en parfait état.

Mary s'approcha :

— Il y a beaucoup de dégâts ?

Madame Salmon écarta les bras comme pour montrer l'étendue du sinistre.

— Heureusement qu'il n'y a pas de victimes, dit Mary.

Et comme la directrice la regardait douloureusement d'un air de dire : « Vous avez de la chance de trouver quelque chose d'heureux dans cette situation ! », elle ajouta :

— Nous avons frôlé la catastrophe. Si vous n'aviez pas ouvert les portes à temps et si la verrière avait cédé, il aurait pu y avoir des dizaines de blessés, voire même des morts !

Et elle ajouta, encourageante :

— Pour le reste, les dégâts matériels se réparent toujours !

Merrien qui était allé jusqu'à sa voiture revint :

— Impossible de rejoindre la gendarmerie, tout est bouché.

Le commissaire Allain entra à son tour, son expression favorite aux lèvres :

— Quel foutu bordel !

Madame Salmon, retrouvant l'usage de la parole, proposa :

— On pourrait peut-être aller au bar des écrivains…

C'était vraisemblablement la seule pièce qui n'avait pas été saccagée par la foule prise de panique. Mary la retrouva telle qu'elle l'avait laissée quand elle était venue mettre le gilet pare-balles à Abel Zeimer. Une chaise providentielle s'offrait à elle. Elle en usa avec un soupir d'aise. La journée avait été éprouvante, les jambes se faisaient lourdes.

Le divisionnaire Allain avait fait l'inventaire du bar.

Il semblait que Zeimer avait copieusement arrosé son miraculeux sauvetage. Toutes les bouteilles d'alcool fort étaient vides. Il trouva quelques bières et en proposa à la cantonade.

Mary éternua. Maintenant qu'elle s'était arrêtée, elle sentait le froid qui montait des vieilles pierres. Ses vêtements étaient à tordre et elle n'aspirait plus qu'à prendre un bain chaud, un thé chaud et à enfiler des vêtements secs.

— Vous vous enrhumez ? demanda madame Salmon.

— Je crains fort que oui, mes vêtements sont trempés.

— Voulez-vous que je vous conduise à votre hôtel ?

— Mais il paraît qu'il y a un formidable embouteillage, que les routes sont barrées tout autour du château.

— On peut descendre par le domaine jusqu'à la maison de garde d'en bas, à partir de là, la route doit être dégagée.

— Alors je veux bien !

— Je vous suis, dit le commissaire Allain.

Et à Merrien :

— Prenez autant de C.R.S. qu'il faudra pour dégager la route au plus vite.

Mary et madame Salmon descendirent par un chemin de terre dans la voiture de la directrice. Derrière, Allain suivait.

Ils arrivèrent devant une maison de garde veillant sur une haute grille. Madame Salmon sortit pour ouvrir la grande porte de fer forgé, puis quand les voitures furent sur la route, elle la referma avec peine.

— C'est rouillé, dit-elle, ce n'est pas souvent qu'on passe par là...

Elle avait mis le chauffage à fond et une puissante soufflerie pulsait de l'air chaud dans l'habitacle de la voiture. Mary commençait à se trouver mieux. Le commissaire Allain les suivit jusqu'à l'hôtel, et quand elle descendit, il l'interpella :

— Lester, dès que vous vous serez changée, venez à la gendarmerie.

Elle acquiesça et monta ses étages quatre à quatre. Puis elle téléphona au bar pour qu'on lui porte un thé et des toasts. La baignoire était pleine quand on lui livra sa commande. Alors elle s'étendit dans l'eau chaude avec béatitude. Jamais de sa vie elle n'avait apprécié un bain comme en ce jour. Elle prit sa collation dans l'eau chaude, puis elle se laissa flotter dans la mousse parfumée. Pour un peu elle se serait endormie là.

Quand l'eau commença à se refroidir, elle en sortit à regret. Elle se frictionna avec une serviette rêche à souhait puis se rhabilla avec du linge sec, regrettant de devoir retourner à la gendarmerie. Son bonheur eut été complet si elle avait pu se mettre au lit avec, en sourdine, une sonate pour piano de Mozart.

Hélas, le devoir et le commissaire divisionnaire Allain en avaient décidé autrement. Elle se souvint alors qu'elle avait laissé sa voiture à la gendarmerie puisqu'elle était allée au château avec l'adjudant-chef Merrien.

Alors elle descendit à la réception et demanda si on pouvait lui appeler un taxi. C'était la patronne qui était de permanence.

— Un taxi ? demanda-t-elle, c'est pour aller où ?

— A la gendarmerie, ma voiture est restée là bas.

— Vous êtes pressée ? demanda encore la jeune femme.

— Assez.

— Alors il vaut mieux que mon mari aille vous conduire, d'ici qu'on vous trouve une voiture, avec tous ces embouteillages…

Le mari ne demandait pas mieux que de rendre service.

— Ma voiture est là devant, il y en a pour trois minutes !

La pluie avait cessé et, derrière les Montagnes Noires, une pâle lueur apparaissait.

— Demain il va faire beau, dit l'hôtelier. Mais c'est égal, quel déluge !

Dans la rue principale, le bitume s'était soulevé sous

la pression de l'eau et quelques voitures qui stationnaient sur cette pente avaient été littéralement portées par le courant et déplacées de quelques mètres. Quand Mary arriva à la gendarmerie, elle y trouva Merrien qui n'avait pas, le pauvre, trouvé le temps de se changer, le divisionnaire Allain en conversation avec le maire et, sur des bancs, la tête basse, Robert Kéruz, sa femme et la vieille vietnamienne qui chantait une curieuse mélopée d'une voix de tête.

Elle hochait la tête de droite et de gauche suivant le rythme de sa chanson et ne paraissait pas s'en faire du tout.

Kéruz, en revanche, était plus sombre que jamais et sa compagne contemplait le sol devant elle avec cet air buté que Mary lui avait déjà vu quand, avec Allain, ils étaient sur la piste du Viet.

— Venez donc par là, dit le commissaire divisionnaire en ouvrant la porte de son bureau.

Mary suivit le maire et précéda l'adjudant-chef. Sur la table, un walkman et des cassettes.

— Qu'est-ce que c'est que ça ? demanda Mary.

— Le produit de la perquisition dans la chambre de Diem Van Deng. Enfin, dans ce qui lui servait de chambre...

Mary prit une cassette et lut l'étiquette tout haut :

— Sonneries et trompes de chasse... L'hallali... La curée...

— Vous pouvez les regarder toutes, dit Allain, il n'y a que ça. Rien que des sonneries de chasse. Ça vous dit quelque chose ?

— Peut-être bien, dit Mary pensive.

— Alors, vous feriez bien de nous éclairer car moi, je n'y comprends rien !

Décidément, il n'y avait rien à faire. Il fallait toujours que le commissaire divisionnaire Allain s'exprimât avec agressivité. Mary le regarda en souriant et, devant ce sourire qu'il jugeait ironique, ses épais sourcils se froncèrent tant, qu'elle s'attendit à ce qu'il lui recommandât de ne pas se foutre de sa gueule.

— C'est une longue histoire, dit-elle enfin d'une voix calme. Elle remonte…

— A la construction du château, on sait, fit Allain en haussant ses lourdes épaules.

— Je n'irai pas si loin, poursuivit Mary sans se soucier de l'interruption. Cependant, remontons à l'après-guerre. Le château, après les bombardements alliés, est dans un état pitoyable et, d'évidence, il n'est pas prêt de retrouver ses fastes d'antan. Robert Kéruz, le petit-fils du régisseur du château, n'y trouvera pas l'emploi que tous les Kéruz y ont tenu depuis trois générations. Il s'engage donc dans l'armée. La guerre d'Indochine commence. Kéruz est expédié dans les rizières. Il s'y comporte en héros et en revient couvert de décorations, mais mutilé. Quand le château devient la propriété du département, Kéruz postule et obtient le poste de gardien de la propriété. Entre-temps, il a épousé Jeanne, une femme du pays.

— Et alors ? grogna Allain.

— Un instant, dit Mary, ceci est la partie connue de tous. Voyons maintenant la partie secrète de la vie de Robert Kéruz. Merrien, pouvez-vous introduire Robert Kéruz ?

Merrien, après avoir consulté le commissaire Allain du regard, ouvrit la porte et appela le garde du château.

Le maire s'était posé sur une chaise dans un coin et il contemplait la scène sans rien dire, en écarquillant les yeux.

Le garde entra en pivotant sur sa jambe de bois et Merrien lui présenta un siège. Il s'assit, baissa la tête, mais, par en dessous on sentait son regard qui épiait ses vis-à-vis.

— Donc, poursuivit Mary, dans les années cinquante Kéruz est en Indochine.

Elle se pencha vers le garde :

— Monsieur Kéruz, n'hésitez pas à rectifier si je me trompe.

Kéruz resta aussi immobile qu'une souche.

— Il y fait la connaissance d'une jeune femme avec laquelle il aura une liaison, madame Diem Van Deng.

— Vous voulez dire, fit Allain, que le Viet…

— Etait le fils de Robert Kéruz, oui monsieur le commissaire.

— Mais comment…

— Comment l'ai-je su ? Oh, bien curieusement. J'ai vu une délégation de Japonais visiter les écuries, et, parmi eux, un asiatique qui les dépassait tous d'une bonne tête. Bizarrement je me suis dit « J'ai déjà vu ce type-là quelque part ». Or je ne l'avais jamais vu, mais il me rappelait quelqu'un par sa taille, par son allure aussi. Vous savez, ce sont là des impressions fugaces, difficiles à cerner. Je n'y ai plus pensé mais quand, en recherchant les ouvriers qui avaient travaillé sur le château, j'ai entendu parler de Diem Van Deng, dit le Viet, j'ai pensé que ça pouvait bien être notre homme. Il n'y avait d'ailleurs pas d'autre piste, pourquoi ne pas suivre celle-là ?

— Que dites vous de ça, Kéruz ? demanda le commissaire Allain.

Le garde restait immobile, le regard dur, muré dans son mutisme.

— Kéruz, continua Mary, pour éblouir sa petite amie indochinoise lui fit voir les photos de son beau château. Crut-elle qu'il en était le propriétaire ? Peut-être. En tout cas, il est vraisemblable qu'elle éleva son fils dans cette illusion : son père était un riche seigneur blanc. Après sa blessure, Kéruz rentre donc en France, laissant en Indochine son amie et le petit garçon. Il rentre en France, oublie cette aventure et se marie avec une fille du pays.

Mais là-bas les événements se précipitent, la France évacue l'Indochine et parmi les réfugiés qui se replient sur notre pays, il y a une jeune femme et un bébé. Elle ne connaît personne en métropole. Personne sauf Kéruz.

Alors, elle vient chercher son seigneur blanc dans les Montagnes Noires. Là, désillusion : Robert Kéruz n'est pas un seigneur, de plus, il est marié. La jeune femme qui ne parle pas le français trouve un travail de manœuvre dans un abattoir de poulets et comme toit une masure au bord du canal. Le petit grandit là, il va à l'école puis il entre en apprentissage et devient couvreur. Sa mère l'a toujours entretenu dans l'illusion qu'ils avaient été victimes d'une terrible injustice, que leur place était là-bas, au château où habitait son père.

Son père ? Il a fait sa connaissance, il est allé chez lui. Son père s'est occupé de lui en secret, car qu'aurait-on dit au pays si on avait su que Robert Kéruz avait eu un enfant d'une Asiatique ? Les préjugés sont tenaces…

Cependant, je crois qu'il lui a appris ce qu'il savait : à se déplacer sans bruit, à piéger le gibier, à capturer le poisson, à tirer…

Elle avait insisté sur ce dernier mot en regardant Kéruz, mais celui-ci ne bougeait toujours pas.

— Il lui a raconté que son grand-père habitait la grande maison de Moniven, qu'il était l'homme de confiance du marquis et, qu'à ce titre, il avait des domestiques. Il lui a raconté la belle vie qui était la leur quand le marquis vivait et lui a en quelque sorte insufflé la vénération qu'il vouait lui-même à la famille de Kerjégu.

— Soit, dit le maire, mais pourquoi se mettre soudain à tuer des gens ?

— Parce que ces gens, dit Mary, osaient dire du mal du marquis de Kerjégu. N'est-ce pas cela qui a coûté la vie à Toullec, Kéruz ?

Le garde leva vers elle un regard lourd.

— Il n'arrêtait pas, dit-il d'une voix lente. Il se moquait de moi, il se moquait de monsieur le marquis. Le petit entendait tout ça…

— Le petit, c'était le Viet ? Votre fils ?

Il hocha la tête, accablé.

— Et puis, dit-il, il a perdu sa place...

— Chez Péchaud, dit Mary.

A nouveau, Kéruz hocha la tête.

— Mais comment pouvait-il entendre Toullec ? demanda Allain.

— Il passait sa vie au château, dit Kéruz, souvent il y dormait. Il le connaissait mieux que personne ne le connaîtra jamais. C'était son domaine et il savait s'y déplacer sans jamais être vu. Il connaissait des passages secrets et si la foudre ne l'avait pas frappé, jamais vous ne l'auriez rattrapé.

Il disait cela avec une sorte de fierté.

— Qu'il ait tué Toullec, soit, dit le commissaire, les raisons ne manquaient peut-être pas, mais les autres, Leamond de La Rivière, Abel Zeimer...

Le garde haussa les épaules et retomba dans son mutisme.

— Leamond de La Rivière est mort, dit Mary, probablement parce que le cinéma qu'il nous a fait l'a irrité et que Diem Van Deng a ressenti ça comme un défi. Et puis c'est devenu un jeu, une partie de cache-cache avec les gendarmes.

Elle ouvrit la porte et invita Kéruz à sortir. Il retourna s'asseoir auprès de sa femme toujours immobile. Dans son coin, la vieille Indochinoise dodelinait toujours de la tête en chantant sa curieuse chanson. Mary revint dans la pièce où le commissaire Allain, le maire et l'adjudant-chef se regardaient avec des mimiques perplexes.

— Eh bien... commença le maire, mais il n'alla pas plus loin.

— Je crois qu'on peut renvoyer ces gens chez eux, dit Mary.

Le commissaire s'exclama :

— Il faut que je les interroge !

Mary secoua la tête négativement :

— Interroger qui ? L'Indochinoise ? Elle bat la campagne !

— Que voulez-vous dire ?

— Elle a perdu la tête, et depuis longtemps. Ce n'est pas étonnant, après toutes les épreuves qu'elle a traversées…

Allain la regardait, l'air mauvais, comme si elle était responsable de ces mauvaises dispositions. Mary lui sourit largement, ce qui eut le don de l'exaspérer :

— La femme de Kéruz ? Vous n'en tirerez pas un mot. Vous avez vu, dans sa loge, au château. Le Viet venait de passer devant elle, vous auriez pu la hacher menu, vous n'en auriez pas extrait un son.

Allain tenta de persifler :

— Que nous reste-t-il donc à faire, inspecteur Lester ?

— A leur ficher la paix, monsieur le divisionnaire. Kéruz, sa femme, la Vietnamienne, ce sont plus des victimes que des coupables.

Elle se tourna vers le maire :

—… Mais ce n'est pas à moi d'en décider… Après tou qu'espériez-vous, monsieur le maire ? Que soit mis fin à cette série de crimes… Je me trompe ?

Le maire secoua la tête négativement. Mary ne se trompait pas. Le coupable était hors d'état de nuire et jamais son beau château n'avait été tant visité. Que demander de plus ?

Mary se dirigea vers la porte.

— Où allez-vous, inspecteur Lester ? demanda Allain.

— Me coucher, monsieur le divisionnaire. Il se fait tard et j'ai eu une journée chargée.

L'adjudant-chef Merrien se mit soudain à éternuer, une fois, deux fois, dix fois. Il n'en finissait plus et quand il put enfin s'arrêter, il s'excusa :

— Je crois bien que j'ai pris froid.

Il n'avait pas trouvé le temps de changer ses vêtements mouillés. Mary le regarda, compatissante :

— Je pense que tout le monde devrait en faire autant.

Elle ouvrit la porte et dit un dernier mot au commissaire Allain :

— Vous aurez mon rapport demain dans la matinée.

Quand elle passa devant Kéruz et sa femme, ils ne bougèrent pas. Ils se tenaient la tête basse, résignés, comme des bestiaux en attente d'abattoir.

Dans son coin, la vieille Vietnamienne psalmodiait toujours sa mélopée indochinoise les yeux clos sur un bonheur perdu.

Au dehors, l'air était pur, léger. Dans le ciel entièrement dégagé, des milliers d'étoiles brillaient et il montait du sol une lourde odeur d'humus mouillé.

Elle croisa un jeune gendarme qui sortait du matériel de sa fourgonnette bleu marine.

— L'embouteillage est-il résorbé ?

— Ah oui, mademoiselle, tout est clair. Les Ponts et Chaussées finissent de dégager la route de Châteaulin. Mais ça n'a pas été de la tarte !

Mary leva la tête vers le ciel et respira profondément. Le gendarme suivit son regard et, voyant les étoiles briller s'exclama :

— Je crois qu'il fera beau demain !

FIN

BIBLIOGRAPHIE

Sites, Signes, Vies au centre de la vallée de l'Aulne
de Michèle Le Goffe - Editions Ar Garo

De Nantes à Brest le long du canal
de Thierry Guidet - Ar Men n° 30

Quadri Signe - Editions Alain Bargain
125, Vieille Route de Rosporden - 29000 Quimper

Dépôt légal n° 5 - 4e trimestre 1994
4e tirage : dépôt légal n° 8 - 2e trimestre 1996
ISBN 2-910373-08-8

Imprimé en France